Frédérique Hébrard

La vie reprendra au printemps

Éditions J'ai lu

A mon ami Léon Schwartzenberg

1

LA PEUR

Le lapin déboula dans les pattes de l'avion.

Egaré sur la piste, il avait attendu le dernier moment pour faire volte-face et courir vers le gazon ras du même gris doré que sa fourrure.

– Vous avez vu le lapin? cria Bertrand.

Mais personne n'était assis à côté de lui et il retourna au hublot où la pluie dessinait un système veineux compliqué, translucide et tremblotant.

Le lapin courait avec de brusques ruades où s'épanouissait, à droite, à gauche, la rosette de son petit cul blanc et soudain, pouf! il disparut, aspiré par le mystère d'un terrier invisible.

Quelle merveille! un lapin sur les pistes d'Orly! Bertrand s'étira, joyeux.

« Qu'est-ce que je vais mieux depuis que j'ai décidé que j'étais malade! » pensa-t-il en regardant avec reconnaissance le paysage sinistre délavé par un temps immonde.

– Décollage dans une minute, dit la voix du commandant, et Bertrand faillit applaudir.

« On croirait vraiment que je cours à un rendez-vous d'amour! »

Il rit, ferma les yeux et essaya d'imaginer comment pouvait être le Dr Mahler. Il espérait une tête à la Pasteur. Une tête de merveilleux vieillard tranquille qui reçoit, tout tremblant, le prix Nobel pour ses cent ans...

« J'espère quand même qu'il n'a pas cent ans et qu'il ne tremble pas trop! »

Il se cligna de l'œil dans le hublot qui avait pris la teinte d'une serpillière inondée. Non, pas cent ans, la bonne soixantaine alerte et compréhensive. Assez jeune pour être efficace. Assez vieux pour être passé par ce que je traverse. Qu'est-ce que je traverse, au juste? La peur. Peur de quoi? Eh bien, il me le dira, papa Mahler, c'est pour ça que je vais le voir, cet homme, c'est pour ça que je suis à jeun – misère! c'est désagréable la montée quand on est tout vide... Quelle heure est-il? 8 h 16? Seulement! Il était quelle heure quand on est rentrés cette nuit? 2 heures? 3 heures? Je dormais debout. Je crois bien que j'ai dormi toute la soirée. Je ne peux plus les supporter ces dîners inutiles et mauvais où l'on voit des malheureux étouffer des bâillements, envoyer des signaux de détresse à leurs épouses bien réveillées qui ne veulent pas comprendre et Colette est toujours la dernière à comprendre. Elle n'a jamais sommeil. Jamais peur. Jamais froid... On gelait, cette nuit, en sortant du garage sur l'avenue Marceau, eh bien, elle, non! Elle marchait pieds nus dans les feuilles humides, elle balançait ses sandales d'or comme des encensoirs en chantonnant!

« Elle me tuera! » pensa-t-il avec tendresse.

– Monsieur...

Souriante comme sur l'affiche de la Swissair, l'hôtesse lui présentait un petit déjeuner de poupée.

– Non, non merci! s'écria-t-il précipitamment en essayant de ne pas regarder la nourriture.

Et soudain une violente douleur éclata dans sa poitrine. Il se mit à trembler, couvert d'une rosée froide et brutale.

– Ça ne va pas, monsieur?...

La voix perçait la souffrance, venait jusqu'à lui de très loin, d'il y a très longtemps, atteignait enfin son cerveau tandis que le rythme familier de son corps reprenait comme une musique interrompue.

La jeune fille tenait toujours le plateau du petit déjeuner entre ses mains. Elle avait l'air inquiète et il lui sourit doucement :

– Je me suis couché tard, expliqua-t-il.

– Bien sûr, approuva-t-elle chaleureusement et elle proposa quelques gouttes d'alcool de menthe sur un sucre. Non? pas même un sucre? C'est très bien, monsieur, je ne peux pas offrir autre chose? Non! A votre service, monsieur, et elle s'en alla gentiment sur ses hauts talons, distribuant un sourire, un regard, à l'un, à l'autre, à droite, à gauche, jusqu'au bout de l'avion, bergère attentive à son petit troupeau.

Il sortit machinalement une cigarette, chercha son briquet, renonça.

Beauté du ciel. Un soleil inhumain éclaire sans ombres un univers de crème blanche battue en neige qui moutonne de l'infini à l'infini sous un bleu minéral et pur. L'avion ronronne et se rapproche de la Suisse qui n'existe pas encore et quitte la France qui n'existe plus. L'avion suit un trajet magique et invisible qui conduit du fond de l'angoisse jusqu'aux abords du lac de Zurich, jusqu'à la porte à lettres d'or qui s'ouvrira sur le bureau du docteur et la sentence...

Il dort, serrant toujours la cigarette entre ses longs doigts. L'hôtesse dépose doucement une couverture sur ses genoux, elle n'ose pas toucher à la cigarette de crainte de le réveiller mais elle admire la main. La main de Bertrand Lorin-Vallée. Elle le connaît, elle l'a souvent sur la ligne. C'est l'associé français de la *Chlappfer* de Zurich. Cette énorme boîte qui fabrique de tout petits machins, mécaniques de précision, micro-ordinateurs, ils sont les rois de la miniaturisation en Occident... Microprocesseurs, c'est ça le nom! Les pilotes lui ont expliqué ce que c'était, elle n'a rien compris, si ce n'est que sans ces tout petits machins on volerait moins bien. D'habitude il voyage avec des ingénieurs et ça discute, ça travaille, ça fume sans arrêt. Ou bien il est tout seul, il boucle sa ceinture, il plonge dans ses dossiers, attaque un paquet de cigarettes, ne lève le nez que quand on touche le sol et s'en va avec un sourire à vous rendre francophile. Elle se penche avec précaution au-dessus de lui, prenant bien soin de ne pas le toucher, et tire le rideau sur le hublot. Il dormira mieux comme ça. Il est fatigué. Il s'est couché tard. Il faut qu'il dorme.

2 heures? 3 heures? Il dormait debout quand la petite voiture de sport pétaradante, cahotante, était venue s'arrêter auprès d'eux devant la porte de l'immeuble.

Sylvie lutta avec la portière, jura, sauta pardessus, aussitôt suivie par un grand garçon blond qu'il n'avait jamais vu.

– Bravo! dit-elle, et ils étaient restés penauds devant leur fille, lui avec son trousseau de clefs, Colette avec ses sandales à la main, pincés comme des gamins qui ont fait le mur.

– Vous savez l'heure? Non mais, vous savez l'heure? Il va être frais, papa, pour prendre son avion demain matin!

On aurait peut-être pu répliquer : « Et toi, est-ce que tu vas être fraîche demain matin? », mais pas à Sylvie. Sa fureur était de la tendresse. Et puis elle avait raison. Depuis l'enfance elle allait tout droit dans la vie comme une petite planète qui connaît son chemin.

Brusquement elle se retourna vers le garçon, encore un peu fâchée mais déjà gentille :

– Je ne sais pas comment sont les tiens, mais ces deux-là ils m'abrègent, lui dit-elle en montant sur la pointe des pieds pour déposer un gros baiser sur sa joue. Allez, *ciao!* Et merci pour tout. C'est vraiment d'accord?

– Vraiment, dit le garçon en s'approchant de Colette qu'il embrassa chaleureusement.

« Ah! bon, pensa Bertrand, on se connaît à ce point-là? qui est-ce? on doit être intimes puisque ma femme l'embrasse... », et soudain, tout fier de sa mémoire, il s'écria, la main tendue :

– Bonsoir, Xavier!

La mère et la fille éclatèrent de rire. Le garçon avait à peine souri. Très poliment.

– Xavier? C'est Olivier, papa! Xavier est au Canada pour un an, tu le sais bien, je te l'ai dit! Et puis on est fâchés, il est trop con!

La petite voiture était partie dans un bruit de machine infernale. Sylvie riait en se bouchant les oreilles.

– L'essentiel, c'est que ça roule! conclut-elle en entrant dans l'ascenseur.

Sous la lumière crue elle considéra ses parents, immobiles et muets devant elle, et sa fureur revint.

– Qu'est-ce que vous avez l'air crevé!

– C'est l'éclairage..., commença Colette.

– Tu parles! Regarde papa! T'es fatigué, mon chéri... – tendrement elle avait glissé son bras sous celui de son père – tu sais, je peux t'accompagner à Orly demain matin... oui?

Il lui avait souri, heureux de cette sollicitude, un

peu déçu d'avoir une vie si organisée, si programmée, une voiture de fonction, un chauffeur convoqué à l'aube... la perfection, quoi!

Ils s'étaient retrouvés tous les trois à la cuisine. C'était le rite de la nuit. La chaleur de la roulotte. Colette était déjà en chemise de nuit. Sylvie n'avait plus que son jean et un soutien-gorge transparent.

– Alors, ce dîner? demanda-t-elle en attrapant un pot d'anchois.

– Dégueulasse! affirma sa mère avec ravissement.

– C'est toujours dégueulasse chez les ministres, vous devriez le savoir, dit Sylvie en déposant un anchois sur une tartine de rillettes d'une demi-livre.

– Et toi?

– Sympa, dit-elle brièvement. Oh! tu sais qu'il est drôlement chic, Olivier, devine ce qu'il a accepté de faire pour moi?

Elle parlait la bouche pleine, avala une bonne portion qui l'étouffa à moitié, respira, regarda ce qui restait de l'anchois, l'épila d'une arête cheveu et révéla :

– La peinture de ma chambre à Bréchamp!

– Mais c'est merveilleux!

– Pourquoi? demanda Bertrand. On est fâché avec le peintre?

Qu'est-ce qu'il avait dit là! Elles lui étaient tombées dessus toutes les deux. Le peintre! C'est tellement plus marrant de peindre soi-même! Et si on faisait ça justement pendant ce week-end puisque papa va travailler en Suisse avec Géa? Epatant! J'en profiterai pour rapporter des pommes parce que justement cette année elles vont être sympas, dégueulasses, marrantes, drôlement chic et puis je vous aiderai, Olivier et toi...

Olivier.

Bertrand avait posé le verre de Contrex à moitié

vide et il était sorti de la cuisine, les laissant à leurs projets, à leur bavardage complice, à leur univers de femmes où il était question de pommes, de peinture jaune – mais d'un jaune terrible, dingue! –, d'une marque de soutien-gorge, jolie, d'accord mais qu'est-ce que ça pique ces coutures en nylon! eh ben, ma petite fille, je vais te dire une bonne chose, ce soutien-gorge tu l'envoies promener, à la poubelle! si à dix-neuf ans tu ne pouvais pas te permettre, et même moi, tu vois...

Tiédeur de l'appartement endormi. Nuit, pénombre, silence... c'est là, dans ce nid chaud, que s'épanouit l'angoisse. Il avance, la main sur les boutons électriques, allumant brusquement de pleins feux. Mais il ne voit rien. Pourtant la preuve de son existence est là. Ces reliques, ces repères qui sont les fertiles alluvions de la vie. Et cette dernière couche brillante posée sur tant de strates décolorées qui sont les années enfuies. Rien. La fatigue a rendu son royaume invisible à ses propres yeux. Il n'y a que des choses, ici. Des livres, des fleurs, des tableaux, des tapis... Des choses. Mais au delà des choses il y a bien une âme? Où se cache-t-elle?

Alors, doucement il pousse la porte de la chambre où dorment les garçons. D'abord il écoute leurs souffles dans la nuit, comme un aveugle. Puis, peu à peu, la lumière du couloir diluant l'ombre, il peut déchiffrer le désordre heureux de la pièce : la tache d'encre toute neuve sur le tapis en poil de vache, le livre bien-aimé tombé au pied du lit, ouvert à la page où le sommeil est venu, et les deux ours mutilés, compagnons vétérans de ces deux enfances, témoins de tous les jeux, larmes, cris, baisers, confitures, rougeoles fiévreuses, cloches de Pâques et réveils miraculeux des 25 décembre passés et à venir. Il admire l'abandon des enfants dans le sommeil... Pascal s'était découvert, un genou en l'air, la tête et un bras penchant mollement hors du lit, des mèches collées sur le front. Bouche douce entrouverte, il bredouille quelques mots dans une langue mystérieuse lorsque son père remonte ses couvertures... Mais rien, pas même ce sommeil d'espérance, pas même l'odeur vivante de ses petits garçons, rien ne peut chasser l'angoisse.

Comme il passait devant sa chambre, Sylvie glissa dans l'entrebâillement de la porte son visage démaquillé rendu à l'enfance par la disparition de tout ce noir dont elle se tartine les yeux. Et qui lui va si bien, soyons juste!

– Ça dort chez les gamins? Je ne sors pas, je suis toute nue!

Il embrassa les tempes fraîches, lisses comme celles des petits frères mais qui sentaient le cédrat.

– Tu dis à Géa et Annelise que je les aime fort et toujours, avait-elle recommandé. Puis elle l'avait retenu de la main, timidement :

– Ça marche les affaires? Tu n'as pas d'ennuis?

Il avait juré que non, ri même, bouleversé qu'elle ait senti la fêlure et, brusquement, il avait eu envie de tout avouer à Colette.

Seulement, quand il l'avait vue, déjà au lit, exquise dans sa chemise de nuit moutarde, ses petites lunettes si drôles au bout du nez, plongée dans la lecture d'une brochure de croisière, si heureuse, si éloignée de sa peur, il avait renoncé.

Longtemps il resta, silencieux, immobile, devant la glace de la salle de bains. Passa une main soignée le long de sa joue où le poil commençait à piquer. Puis, sans se quitter du regard, il demanda :

– Tu crois qu'elle est amoureuse?

Dans le fond de la glace il vit Colette interrompre sa lecture, enlever ses lunettes :

– Qui?

– Ta fille.

– La petite?... sais pas... Mais sa mère, oui! ajouta-t-elle, ravie d'elle-même et, comme aucune réaction ne venait de la salle de bains, elle replaça avec bonne humeur ses lunettes sur son joli nez et déclara : il doit être sourd.

Puis elle poussa un cri :

– 3 h 20! Elle a raison ta fille, on est fous! Allez, au lit, insensé!

Il la rejoignit, éteignit, l'entendit murmurer doucement, comme pour elle :

– ... On est fous... mais on est bien... et s'étonna de glisser si vite dans le sommeil. Mais vingt ans de souffles partagés les avaient pris sous leur protection et, nageurs parallèles, ils descendirent vers les fonds de l'inconscience d'un même mouvement de palmes.

Puis – tout de suite – le réveil cruel. Le petit déjeuner prêt dans la cuisine, merci, il ne fallait pas vous lever si tôt, Marinette! Je déjeunerai dans l'avion...

Elle était désolée, Marinette qui était descendue à l'aube rien que pour faire plaisir. Et Colette était furieuse.

– Mange une tartine, au moins! Bois un peu de thé! C'est pas gentil pour Marinette!

Il expliquait que c'était le manque de sommeil, qu'il ne pouvait rien avaler...

– Ça arrive, disait Marinette compréhensive. Alors, j'enlève la tasse, pas de regrets, monsieur?

Pas de regrets. D'ailleurs Ambroise était là. Ambroise si noir, si délicieux, Ambroise dont le sourire amène partout une chaleur de rhum et de fraternité. Les clefs de la Mercedes dans la main, sautant d'une jambe sur l'autre avec une souplesse de sportif, il demanda :

– On y va, monsieur? comme s'il allait éclater de rire à cause d'une énorme plaisanterie imminente.

– On y va, Ambroise.

Comment est-il possible que, la porte à peine refermée, il se soit senti joyeux? si libre? C'est ça, si libre.

Tout est gris soudain dans l'avion. On quitte la gloire de Dieu et on revient sur terre parce que sur terre c'est chez nous. La descente sur Zurich-Kloten est commencée, on reboucle sa ceinture, on redresse sa tablette, on éteint sa cigarette... Bertrand se réveille, comprend et se réjouit parce que l'heure approche où tout sera lisible comme sur un faire-part.

★

– *Wie bitte?*

Le petit homme souriant penché sur son volant n'avait rien compris.

– La clinique du Dr Mahler! répéta Bertrand.

Le chauffeur eut un geste d'impuissance et sourit davantage.

– Attendez! dit Bertrand qui venait d'avoir une idée.

Il posa sa valise, coinça son attaché-case entre ses genoux, le perdit dans une flaque, sortit de sa poche la lettre de la clinique et tendit le papier à en-tête au chauffeur.

– *Dr Mahler Klinik? Ja!* siffla le petit homme avec considération. Il sortit du taxi, s'empara des bagages déjà trempés et ajouta : Très bon! très bon!

L'autoroute luisait comme une couleuvre mouillée, douchée de pluie et de lumière jaune par la haie de lampadaires allumés. Bertrand regarda sa montre, 9 h 35. Il ne serait pas en retard.

Le chauffeur allait vite. Il commentait la circulation avec bonne humeur, prenant Bertrand à témoin comme s'il pouvait comprendre et Bertrand hochait poliment la tête.

Il avait gardé la lettre à la main et la relisait une fois de plus. La lettre disait qu'il fallait être à jeun et prévoir un jour ou deux pour les examens selon ce que déciderait le docteur.

Mais qui lui avait parlé de cette clinique? Impossible de se souvenir... Quelqu'un avait dit devant lui : « Si jamais je suis malade c'est à Zurich, chez Mahler, que je vais! » Mais qui? Ce n'était pas chez Géa, il en est sûr, ce n'était même pas en Suisse – et ça l'avait frappé puisqu'il était question de Zurich. Un jour, il avait demandé à Géa : « Qu'est-ce que ça vaut cette clinique? » Et Géa avait dit : « La meilleure de Suisse! Pourquoi, tu es malade? » et tous deux avaient ri. Bien sûr que non il n'était pas malade! C'était il y a deux ans... non, trois? peu importe. En tout cas ça doit être bien. La réaction du chauffeur tout à l'heure...

Mais où est-on? Il ne reconnaît rien. Il a l'impression de n'être jamais venu... C'est parce qu'il n'est jamais venu comme ça... Oh! il avait l'air malin tout à l'heure, à la sortie de l'aéroport! Incapable de trouver la station de taxis, paumé comme un provincial qui débarque pour la première fois sur le quai de la capitale... C'est qu'il n'a jamais pris de taxi à Kloten... A chaque arrivée une voiture l'attend. Géa, quand il peut. Ou bien Roman, le chauffeur. Et même, parfois, Annelise, bruissante de colliers, tendre, excessive, l'accueillant comme un frère qui rentre après vingt ans d'exil.

Il aurait eu le temps de déposer sa valise à l'hôtel... il n'y a pas pensé, et puis comment se débrouiller avec le chauffeur? Trop difficile. C'est la première fois depuis longtemps qu'il retient lui-même une chambre dans un hôtel... comme un grand. Au fond c'est amusant. Il a choisi l'hôtel le plus proche de la clinique, espérons...

Le chauffeur explique quelque chose avec véhémence puis éclate de rire : « N'est-ce pas, monsieur? », et Bertrand se demande quelle est la pire disgrâce : ne pas comprendre ou ne pas être compris?

Dès qu'il aura vu le docteur, il faut qu'il téléphone aux Schlappfer. Il est perdu sans eux! Un étranger. Il faut qu'il monte les retrouver dans la chère maison du Dolder. Il faut qu'il les mette dans la confidence. Ils sauront se taire, respecter sa paix. Si tout le monde était comme eux... seulement voilà, tout le monde n'est pas comme eux et si, avant son appel, Sémiette téléphone de Paris, ça va être joyeux!... Il l'entend d'ici :

– Comment, mais comment : M. Lorin-Vallée n'est pas arrivé? Comment, mais comment, monsieur Schlappfer, VOUS NE L'ATTENDEZ PAS?

La pluie avait cessé. Le chauffeur ralentissait. On avait quitté la ville, on abordait un quartier résidentiel avec de grandes villas dans des parcs que la saison rendait lugubres. Housses de brouillard, immobiles comme des housses de percale blanche sur les meubles d'un salon... Fermeture annuelle, la vie reprendra au printemps.

Petite étoile blême et imprécise, une mouette annonciatrice du rivage s'éleva jusqu'à la cime à peine visible d'un lampadaire. Bertrand sentit ses mains devenir moites. Entre deux pans de murs il aperçut fugitivement le lac proche et frissonnant. La voiture vira sur sa gauche, passa entre les bras ouverts d'une grille d'acier – deux globes allumés semblaient veiller sur un secret. Et, au bout d'une allée terrifiante de rectitude et de propreté, Bertrand vit venir vers lui comme un gros paquebot illuminé qui émerge de la brume, la maison de verre, de métal, de laque blanche et de silence.

La chaleur du hall d'entrée lui fit tourner la tête, virer le cœur.

– *Kann ich Ihnen helfen?*

La brutalité de la voix le désarçonna.

– Je ne comprends pas l'allemand, dit-il, je suis M. Lorin-Vallée de Paris.

– *Oh! ja!* dit la jeune femme qui l'avait interpellé.

Elle semblait avoir été amidonnée en même temps que son uniforme blanc et ciel. Pas une mauvaise herbe ne poussait sur elle, elle était impeccable, tirée au cordeau comme l'allée du parc. Elle se pencha sur un fichier. On n'entrait pas dans la clinique du Dr Mahler comme dans un moulin. Et surtout pas sans avoir déposé la garantie. En francs suisses, s'entend.

Ça y est. Elle a souri. Ça prouve que le virement est là. Elle sort sa fiche et, d'une voix de SS, crie des ordres dans l'interphone. Il reconnut son nom au passage, voulut poser une question, n'osa pas. La fille amidonnée se désintéressait totalement de lui, enlevait la housse d'une machine à écrire, sortait un carbone, commençait à taper.

Mal à l'aise, il marcha à travers le hall, puis il s'assit, juste pour voir arriver une autre nurse. Un peu plus jeune. Un peu plus molle. Sans regard. Vêtue du même uniforme mais la dose d'amidon avait été moins forte.

– Suivez, dit-elle.

Un infirmier les croisa, poussant un chariot vide.

Assez lugubre tout ça... Ils arrivaient à une sorte de patio vitré orné de hautes plantes vertes. Un vieil homme, appuyé au bras d'une nurse, y faisait une promenade à tout petits pas. Malgré le pyjama de soie, malgré le chiffre et la couronne brodés sur le sein gauche de la robe de chambre de brocart, il avait l'air pitoyable d'un pauvre vieux oublié au fond d'un asile.

– *Schön langsam, meine königliche Hoheit,* disait la nurse avec cette voix imbécile réservée dans toutes les langues aux bébés, aux petits chiens et aux grands vieillards, *Schön langsam*... La voix disait que si nous étions bien sage, bien raisonnable, si nous faisions gentiment la petite promenade de tous les jours, nous retrouverions bientôt notre jolie maison avec nos chiens et nos chevaux, mais c'était comme une berceuse sans paroles : si Bertrand ne comprenait pas, le vieux prince ne comprenait plus.

« Je connais ce visage mais qui est-ce? »

Au pied d'un caoutchouc luisant de sève, une nurse âgée pliait des serviettes sur une table de métal. Elle leva les yeux de son travail pour regarder Bertrand et son guide. Les deux femmes échangèrent quelques mots d'allemand sur un ton tel que Bertrand pensa : « Elles vont se battre! » Il fut étonné de les voir partir calmement chacune de son côté.

Le vieillard et sa nurse avaient disparu. Bertrand restait seul au milieu des plantes. En parfaite santé, elles. On n'entendait aucun bruit. Rien que le gargouillement des radiateurs bouillants. Un signal rouge s'alluma sur une porte.

Un bref roulement caoutchouté, le chariot repassa au bout du patio, chargé cette fois d'une forme allongée, presque plate sous un drap livide. Bottes de feutre muet de l'infirmier aux bras musclés... gargouillements... silence... une odeur de chou se répandit sur ce cauchemar. On prépare déjà le déjeuner des malades... Légumes bouillis à l'autoclave, viandes blanches qui ne peuvent pas faire de mal, jambon de régime qui reste au bord de l'assiette... pas faim, pas envie, pas bien...

– Dr Mahler vous attend, monsieur.

Non! Mais qu'est-ce que c'est encore? Où est-il, le docteur? Qu'est-ce que c'est que cette fille? Qu'est-ce qu'elle fait là derrière ce bureau? Qu'est-ce que c'est que cette clinique?...

– Mademoiselle, j'ai rendez-vous avec le Dr Mahler, dit-il avec humeur.

– C'est moi.

Quoi « c'est moi »? Ça va pas, non? « C'est moi! » C'est ça le Dr Mahler? Une jeune femme, des cheveux blonds, un sourire... J'ai dit soixante ans, une barbe, l'expérience de la vie... et puis, un homme! IL FAUT ÊTRE UN HOMME! Qu'est-ce que vous voulez que je lui dise à cette fille? Qu'est-ce que vous voulez qu'elle comprenne? Elle a dix ans de moins que moi, cette gamine...

– A jeun, monsieur?

A jeun! Elle lui demande s'il est à jeun! Ça se voit, non? A jeun! Mais il est à jeun depuis sa venue au monde! A jeun depuis l'éternité!

– *Prima!* Je demande ça avant le bonjour parce que c'est *ka-pi-tal!* Bonjour, monsieur, asseyez-vous s'il vous plaît!

Cet accent qu'elle a! Elle accélère on ne sait pourquoi, elle ralentit sans plus de raison. Ça va être commode le dialogue! On la comprend mais il faut être drôlement attentif. Et puis, elle parle-nuance : elle a l'air de parler-le-français, mais ça ne veut pas dire qu'elle le comprenne! Enfin, mon vieux, tu es là, en avant!

– Bonjour, docteur, dit-il d'une voix blanche, blanche comme la clinique, blanche comme la blouse du docteur, blanche comme le brouillard qui ne se dissipe pas. Et il s'assied sans ôter son pardessus.

En silence, il la regarde qui lit avec un sérieux germanique les quelques lignes de la lettre que lui-même a adressée à la clinique. Elle tient entre ses mains aux ongles nets et sans vernis le bout de papier sur lequel il a jeté son angoisse et sa peur. Un bref regard au-dessus de la couronne d'écaille des lunettes pour s'assurer que son patient est toujours là et coller un nom sur ce visage inconnu. Puis elle revient à sa lecture et récapitule :

– *Ja!* Vous êtes M. Lorin-Vallée de Paris... Vous désirez que nous procédions à un check-up, vous avez pas beaucoup de temps pour nous et, surtout, il ne faut pas que les proches soient au courant de l'inquiétude... Parfait! Bien sûr on préfère une hospitalisation de vingt-quatre ou quarante-huit heures pour la commodité mais on peut faire plus discrètement si le malade désire. – Elle pose la lettre. Voilà, très facile, nous commençons maintenant...

Elle enlève ses lunettes et il voit qu'elle a les yeux bleus.

Elle sourit. Elle est délicieuse. De quel droit?

– Qu'est-ce qu'il y a qui ne va pas?

Elle s'adresse directement à lui au-dessus du dossier vierge dont elle lisse la première page de la main. Elle est calme. Elle répète :

Qu'cst ce qu'il y a qui ne va pas?

Un long silence lui répond. Elle sourit toujours tandis que lui, les mâchoires serrées, la bouche sèche, les mains moites, ne sait plus ce qu'il fait dans ce bureau trop chaud, trop net... Il est tombé sous une cloche d'éther et considère du fond de son épuisement cette créature inoxydable, incassable, imputrescible, tandis que lui...

– Je vais vous aider, dit-elle. Enlevez d'abord le manteau, il fait très chaud ici...

Il obéit en silence.

– ... Voilà! dit-elle.

Mais elle me parle comme à un bébé! comme à un gâteux! Comme elle parlerait à la vieille chose armoriée qui glisse à petits pas dans le couloir en souillant son pantalon de soie... Et qu'est-ce qu'elle a à me regarder comme ça?

Troublé, il manque poser le cachemire à côté du dossier de la chaise qu'elle lui désigne d'un battement de cils et le rattrape d'un geste maladroit. Quelque chose de gai cabriole au fond des yeux bleus.

Non mais, en plus, elle ne va pas se foutre de moi!

Elle a baissé les yeux, de nouveau sérieuse. Elle prend un stylo, regarde Bertrand :

– Vous avez peur, n'est-ce pas?

Il n'a rien dit. Il n'a rien dit et pourtant elle hoche la tête comme s'il avait dit oui. Et elle note quelque chose.

– Il ne faut pas avoir peur. Mais ce n'est rien, monsieur. Tout le monde il a quand il vient ici. C'est normal. Quel âge avez-vous?

– Quarante-six ans...

– *Ja,...* Marié?

– Oui...

– Des enfants?

– Oui.

– Combien?

– Trois.

– *Ja...* Tous vivants?

Bertrand frémit et murmure : « Tous vivants! » en cherchant désespérément du bois autour de lui.

– Bien. En bonne santé?

– Oui!

– Rien de pathologique chez vos géniteurs? Pas de grosses maladies en famille?

Il fait signe que non.

– Le sommeil est perturbé?

– ... Non...

– Constipé?

Ça devient charmant!

– Urinez-vous normalement?

– Oui.

– Nous verrons cela tout à l'heure. L'appétit?

Oui, non, pas trop, assez, beaucoup.

– Pas de maladies vénériennes?

– Non!

– Activité sexuelle... normale?

– Normale, dit-il sans voix.

– Est-ce que depuis quelque temps...? Pas de ralentissement... non?

Un long silence. Puis Bertrand, étonné, s'entend dire :

– ... peut-être moins d'intérêt à la chose elle-même...

– Oui, ce ne sont pas les fonctions qui ont diminué mais l'intention.

– Oui.

– Normal.

Normal! Normal! mais elle trouve tout normal! Je n'ai quand même pas fait ce voyage pour qu'elle m'explique que je suis normal, que tout le monde est comme moi, que mon cas ne présente...

– Déshabillez-vous, monsieur, s'il vous plaît.

Ça y est! Après les questions elle va me tripoter!

– Vous pouvez garder le slip.

Merci, madame, vous êtes bien bonne, mais vous savez, au point où j'en suis... C'est agréable, je vous jure, de rester comme un soliveau sous son regard scrutateur... Elle me palpe maintenant... On dirait un douanier... Pas d'hémorroïdes, n'est-ce pas? Non! pas d'hémorroïdes, on ne peut pas tout avoir!

– Vous pouvez passer dans la petite cabine, s'il vous plaît?

Ah! oui, le bocal à remplir...

Il le regarde avec haine, le bocal. S'il l'osait il le briserait. Rien que pour voir sa tête à elle. Méchante fée aux yeux de porcelaine allemande, pourquoi suis-je tombé en ton pouvoir? Où est ta barbe, où est mon vieil oncle? le vieux docteur qui m'aurait ausculté, écouté, apaisé le cœur?

– C'est fini, monsieur? Bien, je vous remercie.

Pas de quoi, voilà mon bocal. Qu'est-ce qu'elle raconte encore? Ah! bon, la fête continue?

– Ne vous rhabillez pas, s'il vous plaît. Nurse Pauli va vous conduire à l'électrocardiogramme et puis, après la prise de sang, elle vous donnera un bon café. Ça va? La tête tourne un peu, non?

Il ne répond même pas, sinon elle dirait que c'est normal. Mais quel con! quel con! Avoir demandé tout cela! Avoir organisé tout cela! Avoir payé d'avance! Et très cher! L'espace d'un instant, il pense qu'il en rira aux larmes plus tard. Mais pour le moment il ne rit pas. Il est mauvais, furieux. Contre lui. Contre elle. Elle qui ne se rend compte de rien. En tout cas elle ne le fait pas voir. Elle est parfaite. C'est odieux! Il a envie de la faire choir de sa chaire confortable d'examinatrice!

– Je fume beaucoup, dit-il méchamment.

Tiens, attrape! Tu ne l'as pas demandé, ça, bécasse! Ça t'en bouche un coin, non?

Non. Elle reste sereine. Et elle dit :

– C'est noté. Je n'ai pas demandé parce que j'ai vu.

Oh! il voudrait qu'elle tombe malade brusquement sous ses yeux! Incurable! Perdue! Bien fait! Allez! Chacun son tour! Il la déteste. Nurse Pauli, j'ai sonné, vous pouvez balayer votre patronne, elle vient de mourir subitement d'une longue et affreuse maladie. Processus normal, accident banal, dénouement classique. Allez, ouste, du balai! Ça fait désordre un cadavre dans une pièce si bien rangée!

Il reprend ses affaires dans la petite cabine. Il y a cent ans qu'il est à jeun, qu'il n'a pas dormi, qu'il voyage dans le ciel et se met à quatre pattes devant des ordinateurs à visage de femme...

– Nous sommes jeudi, entend-il. Nous aurons les résultats du check-up, mardi. Ce soir, vous buvez la petite bouteille blanche pour la radio de demain matin, mais maintenant c'est Nurse Pauli qui s'occupe.

Et elle lui tend la main, souriante :

– Bonne journée quand même, monsieur Lorin-Vallée.

★

Hébété, il erre à travers les rues de Zurich.

Il a laissé sa valise à l'hôtel.

Une trouvaille, cet hôtel! Du style qui vous tend la clef sans lever le nez du desk, vous dit : « Chambre 312 », et vous laisse vous débrouiller tout seul avec votre valise. Bonsoir. Est-ce que ça les regarde que vous soyez paraplégique, cul-de-jatte ou nonagénaire? Et estimez-vous heureux si on vous accueille avec le sourire! Et n'ayez pas l'air étonné devant la note! Vous ne voudriez pas que ce soit donné? Ici nous sommes *design, in, panoramic* et *first class* comme les Pompes funèbres. La chambre lui a paru tellement sinistre qu'il a pris la fuite sans téléphoner aux Schlappfer. Qu'est-ce qu'il va se faire engueuler! Mais c'est insupportable, vous savez, il n'a même pas le droit d'être malade! Même pas le droit de se faire examiner! Il n'a aucun droit en réalité. Voilà! Il n'a aucun droit! Et si Sémiette a téléphoné à Géa, il n'a pas fini d'en entendre parler de son voyage!

Eh bien, tant mieux!

Je voudrais qu'elle ait téléphoné, Sémiette! Ça me plairait assez! Je souhaite le scandale, la panique, la catastrophe! Parce que j'en ai marre! Et pas qu'un peu! Mais c'est vrai, si j'en suis là, obligé de me cacher, de raconter des blagues, de passer en Suisse comme un malfrat, de prendre des rendez-vous en douce, tout ça c'est la faute de Sémiette. Et de Colette. De Colette surtout. Je suis entièrement dépouillé de moi-même par ma femme et ma secrétaire. Entièrement programmé par elles. Comme si un fil secret les reliait l'une à l'autre à chaque heure du jour et de la nuit pour leur permettre de vivre à ma place. Je sais bien pourquoi je ne suis pas allé voir Desmarets. Pourquoi je n'ai pas dit : « J'ai envie de me faire faire un check-up. » Je sais bien que, si j'avais dit ça, c'était ma fête! « Tu n'es pas bien, mon chéri? Vous vous sentez fatigué? Ça ne va pas, monsieur? Tu es malade, papa? » Et les conseils! Le vélo, la Bretagne, les vitamines C, le foie de veau, le tennis, la cerisette, les flocons d'avoine, la montagne, le ginseng, la Côte d'Azur, la gelée royale! On m'aurait caché mes cigarettes, pesé mes aliments! On m'aurait scruté, on aurait commenté ma mine, avec sévérité : « Tu as l'air d'un déterré! » avec allégresse : « Tu te fais des idées, tu vivras cent ans! » On m'aurait empoisonné mes sources.

J'ai faim.

Il faudrait quand même que je déjeune, il est loin le bon café de Nurse Pauli. Il y a un restaurant sur une place, avec des fenêtres qui donnent sur le canal, la rivière où, souvent, on va avec Géa quand on n'a pas le temps de remonter là-haut, il est très agréable ce restaurant... mais impossible de retrouver son nom. Ni le nom de la place. J'ai vraiment l'air d'un bidasse. Si j'ai la main aussi heureuse pour le restaurant que pour l'hôtel, ça va être joyeux. Je ne sais plus vivre tout seul. Incapable. Un chien sans flair.

Il déboucha sur une petite place, crut avoir retrouvé son restaurant, entra et comprit qu'il s'était trompé. Quand il vit devant lui une escalope viennoise grande et molle, flanquée de frites et de choux de Bruxelles, quand on posa près de la salade mêlée la bouteille de « French Dressing », le chagrin remplaça la rage. Un désir de salade d'enfance le saisit avec tant de force qu'il fut horriblement malheureux. La romaine craquante des jardins étroits pris sur la montagne, sa mère dosant l'huile d'olive, le vinaigre de vin, le sel, peu de poivre et puis quoi encore? mais qui était parfait. Gestes très anciens et très humbles venus du fond des âges et mêlant l'olivier des légions de Rome au vin des Gaules, au sel de la Mer Intérieure, aux épices de l'Orient et à ce je-ne-sais-quoi qui fait que nous sommes nous. C'était cela qu'il aurait fallu dire à l'oncle, la salade de l'enfance, le chien sans flair, le chagrin, le poids de la vie... Avec l'oncle il aurait parlé, il aurait tiré les photos des siens de son portefeuille comme un soldat prisonnier dont les yeux s'embuent.

– *Schön! Schön!* aurait dit l'oncle. Tu es heureux, mon garçon!

Oui. Heureux. Très heureux, mon oncle. Je suis très heureux. Mais qu'est-ce qui ne va pas? L'oncle aurait su. Il aurait fait signe à Bertrand et lui aurait murmuré le secret à l'oreille.

Mais qu'est-ce que vous voulez qu'il aille dire à

cette fille? C'est peut-être un crack, un génie – certainement pour être, à son âge, à la tête d'une affaire comme ça – mais que sait-elle de la vie? Et puis c'est quand même bizarre... A la limite, c'est douteux. Où a-t-elle trouvé l'argent? Qui l'a commanditée? Elle doit avoir trente-quatre, trente-cinq ans... Bizarre, tout ça.

Le brouillard s'était levé pendant qu'il déjeunait. Il se promena dans les petites rues nettes derrière St Peters Kirche. Des rues sans voitures, aux balcons rehaussés d'or avec de hautes fenêtres aux fragiles carreaux couleur du temps, comme à Bruges. La vieille Europe. Canaux, échevins, bourgmestres, margraves, landgraves, combourgeois, baillis, bundesrats... Canons muets à reflets de turquoise, montait la garde du passé devant le *Landesmuseum*. Cavaliers de bronze immobiles sur des chevaux déjà en marche vers l'éternité. Dans les jardins, l'odeur de la saison le saisit brusquement. L'odeur âcre et révolue qui monte du premier tapis de l'automne tissé de feuilles de marronniers. Il leva les yeux vers les branches déjà flamboyantes, jaunes, rousses, condamnées. Un marron tomba. C'est joli un marron qui tombe. Il sourit à la petite merveille vernissée, univers clos encore intact, le poussa du pied, doucement, n'osa pas le ramasser.

Je ne suis plus jamais un passant, un badaud. Je ne suis plus jamais en contact avec rien ni personne. Mes lunettes, mes cigarettes, mes dossiers, mon bureau... je ne connais rien d'autre. J'envie ces gens qui se hâtent vers leur travail... Je voudrais les suivre. Je m'ennuie et j'ai honte. Si j'allais au siège? mais pour quoi faire? Pas programmé, je n'existe pas. Dépoté...

Une affiche annonçait une exposition Magritte au *Kunsthaus* et il étudia le chemin qui y menait sur un plan géant et propre. Il quitta la vieille ville pour la cité commerçante, s'arrêta à la première boutique. S'il s'achetait quelque chose? Bof! quoi? Dans un magasin si élégant qu'il n'y avait qu'un objet par vitrine sur une estrade de velours noir, il vit un sac d'un bleu extraordinaire. Du bleu des yeux de la tortionnaire. Oh! la tortionnaire, j'y vais un peu fort, quand même... Est-ce que ce sac ferait plaisir à Colette? C'est ce bleu qui est étonnant. Mais Colette déteste que je lui rapporte des surprises de mes voyages. Elle dit qu'une fois rentré à Paris on a la révélation de la laideur devant la glace de sa salle de bains. Elle a même inventé les dix commandements de la touriste... Poncho point n'achèteras, de paréo te méfieras, pampilles de souks tu fuiras... Après, il y a un truc où souquenille rime avec guenille... Elle est marrante, ma femme!

Et Sylvie? Si je lui rapportais du chocolat?... Mais qu'est-ce que je vais en faire de ce chocolat? Je vais l'emporter dans ma main voir les Magritte?

Il resta un long moment devant le musée. Il avait envie d'entrer. Mais c'est si fatigant une exposition... Est-ce qu'on peut s'asseoir, au moins? Non, on ne peut jamais s'asseoir dans les musées, il y a toujours des dames énormes avec des chevilles enflées qui s'affalent sur les banquettes et s'éventent avec le catalogue, l'air furieux. Pas de musée!

Il décida d'aller au cinéma. Il avait bien fait de ne pas acheter de chocolat parce que c'était loin, le cinéma. Deux Walt Disney voisinaient avec des pornos. Les mômes et les cochons d'abord... Ah! un film italien parlant allemand. Un film de guerre. Un carillon annonça une heure imprécise à force de musicalité. Et si j'allais dormir? pensa-t-il en bâillant. Oui, mais alors il fallait prendre un taxi pour regagner cet hôtel sinistre, *in* et *first class*...

Et soudain, comme il tournait le dos aux cinémas, il vit le lac. Oh! un lac bien différent de celui de ce matin qui, furtif, frileux, tremblant, se cachait dans le brouillard. Un lac serein, un lac pour gens bien portants qui vont à leurs affaires, à leurs plaisirs et n'ont pas besoin de franchir en douce le seuil des cliniques. Un lac propre, beau, aimé. Au point que, dans cette ville, chaque écolier doit savoir nager avant de savoir lire. D'ailleurs, malgré le froid, quelques voiles, quelques périssoires courageuses étaient sorties. Ces Suisses, quelle santé! Il faudrait me payer cher...

Des jardiniers se penchaient sur les massifs avec des délicatesses de manucures. Pelouses de velours, housses de plastique, bonichons de paille pour les plantes fragiles menacées par l'hiver, franges d'écume tendrement peignées, ratissées, caressées, bruit rassurant des griffes rassemblant les feuilles... L'allée sablée se rapprochait de la berge et, au revers d'un bosquet de hêtres pourpres et de bouleaux, dans une crique de gazon, Bertrand découvrit une flotte de cygnes. Il n'en avait jamais autant vu. Vingt? Trente? Il essaya de les compter mais c'était impossible. Les oiseaux se pressaient, se bousculaient, nageaient, plongeaient, s'écartaient, revenaient. Aucun ne poussait l'imprudence jusqu'à quitter le refuge de l'eau, jusqu'à se hasarder sur la terre. Blanches ailes battant avec un bruit de fouet, œil noir perdu dans le noir du loup vénitien, long cou se balançant, attaquant avec un sifflement vipérin, ils se disputaient du pain avec une faim avide de bêtes gavées. Oiseaux par le corps, serpents par la tête, ils étaient la beauté et la cruauté de la nature.

Soudain Bertrand sentit un regard posé sur lui. Il leva les yeux. La femme qui jetait du pain aux grands oiseaux le regardait. Elle tenait le dernier morceau dans sa main. Une main longue et soignée, encore bronzée par l'été. Trente-cinq ans peut-être?

Des vêtements de daim. Chers. Fabriqués en Suisse comme elle. Mais elle les porte avec la liberté de ceux pour qui il n'existe de frontières d'aucune sorte. Ni dans l'espace ni dans les mœurs. Elle doit beaucoup fumer, parler peu, boire sec. La liberté. Bertrand a pensé tout ça, très vite, très longtemps et ne prend conscience de sa contemplation qu'en voyant un imperceptible sourire au coin des lèvres de la femme aux cygnes, imperceptible mais terriblement encourageant. Il se détourne brusquement du corps mince qui frémit entre l'ironie et le regret. Il entend les cygnes qui se disputent avec des injures et des battements d'ailes le dernier morceau de pain. La dame siffle un petit chien roux chevelu qui fonce vaillamment sur ses courtes pattes pour rejoindre sa maîtresse et jette au passage un regard émouvant sur le grand monsieur qui s'en va. Qui s'en va et qui ne veut pas se demander ce que cette femme qui vient de le troubler pense de lui. Il serait bien étonné. Elle a vu comme tout le monde un monsieur en parfait état. Presque trop bien dessiné par le temps. Elle a vu sa peau fine et douce au gris bronzé d'un beau métal cher. Elle a vu sa fatigue et son tourment. Mais ce qui a fait frémir son corps en le voyant se détourner d'elle, c'est d'avoir deviné son innocence.

Délivré. Rendu à lui-même.

Il suffisait de téléphoner aux Schlappfer.

Dès qu'il a entendu la voix d'Annelise, tout est rentré dans l'ordre.

Elle a un accent qui guérit.

Rien qu'en disant : « C'est toi, mon très cher? » elle vous fait faire le tour de l'Europe. On glisse sur la neige en traîneau, on file en troïka le long des lacs gelés, on pénètre dans de grands vestibules pavés de marbre blanc tandis que sonnent les carillons des clochers à bulbe du Tyrol... Parle encore, Annelise, j'entends hurler les loups dans le vent... Elle rit, Annelise, elle dit : *Du spinsch!* il ne faut pas rêver! Elle dit qu'elle n'a pas de sang d'archiduc, de métropolite, de cosaque ou de prince, rien que du bon gros sang de simple fille de Fribourg. Mais ça ne fait rien, on a voyagé, on est guéri.

Il est guéri.

Il va dîner chez eux. Il se rase avant d'aller dîner chez eux. Depuis l'aube sa barbe a poussé comme la barbe d'un mort et il lui semble, en la coupant, qu'il se défait de cette journée ridicule. Il passe la main le long de sa joue douce, rencontre son propre regard dans la glace et éclate de rire.

Ça va. Ça va bien.

Il trouve même l'hôtel presque marrant. Joli sarcophage la salle de bains noir et or, bonheur-du-jour pour la Vallée des Rois, bibelot funèbre amusant.

– Tu es à Zurich! et tu n'es pas à la maison? avait crié Annelise. Mais tu es fou, mon chéri!

Elle était furieuse mais rassurante. Sémiette n'avait pas téléphoné. Géa était à Basel avec des Italiens, les Mantovani, tu connais?... Justement ce soir il y a un petit dîner, on sera ravis de te voir, tu viens? Oui? Bravo! et demain on t'emmène à Milan avec eux... Non? Alors tu restes à la maison. Non? Mon petit enfant, tu fais ce que tu veux, tu es chez toi.

– Ça va. Ça va bien.

Quelle idée, ce check-up! Il est fatigué. C'est tout. Rien d'étonnant avec la vie qu'il mène. Il est fatigué mais il n'est pas malade... Il l'a vu sur le lac quand il a canoté pendant une demi-heure. Avec fureur. Il ne s'en serait pas cru capable. Ça lui a fait du bien. Ça l'a réveillé. Il les fera rire aux larmes quand il leur racontera tout ça. C'est amusant de se moquer de soi quand tout va bien. Il est si joyeux qu'il a envie d'appeler Colette. En formant son numéro il se demande s'il ne va pas lui raconter toute l'aventure... Il en a très envie. Mais c'est peut-être un peu tôt? Il vaut mieux garder ça pour le retour. On ne raconte jamais vraiment bien au téléphone. Et puis Colette pourrait s'affoler. Mardi, il aura les résultats et il pourra apaiser les battements de son cœur. Oui, pas la peine de l'inquiéter pour rien, il vaut mieux se taire et lui faire une grosse surprise à la maison.

Colette le trouve gai. Il l'est. Débordé? Débordé! Comme toujours. Il ment, il rit, aucune importance elle n'écoute pas la réponse...

Tu me raconteras, dit-elle. Bien sûr, dit-il.

Et à la maison, tout va bien aussi? Aussi! La dernière dent de lait de Pascal est tombée. Alors la souris va passer cette nuit? La souris? Oh! heureusement que tu m'y fais penser à la souris, je l'avais oubliée, celle-là! Parce que – moi aussi – je suis débordée! J'ai acheté le jaune terrible... Le jaune terrible? Ah oui, la peinture pour Bréchamp. Olivier. Les pommes. Je pars là-bas demain matin avec la smala, embrasse les Schlappfer... Embrasse les enfants...

Je t'aime, dit-il. Je t'aime, dit-elle et elle veut savoir quand il va rentrer. En début de semaine sans doute, je te téléphonerai, ne t'inquiète pas...

Et voilà! Ça va. Ça va bien. Il va dîner chez les Schlappfer.

Une fête.

★

– Vous avez eu des débuts très durs, monsieur Lorin-Vallée? lui a demandé l'autre jour une jeune journaliste élégante qui faisait un article pour France-Dynamique. Orphelin de guerre, boursier, c'est merveilleux! Racontez-moi des anecdotes amusantes sur tout ça, l'hostilité de votre beau-père, votre petite usine près de Paris, dans un hangar, n'est-ce pas? Oui, dans un hangar, c'est charmant! nos lecteurs adoreront ça...

... Ah oui? eh bien, ils vont pouvoir se marrer les lecteurs, s'ils adorent ça, des anecdotes amusantes, il n'en manque pas... Les traites, les échéances, les vents coulis dans le hangar délabré, le carnet de commandes vierge, le désespoir... et, soudain, faisant l'appel, l'inventaire du passé, il s'était tu, comprenant qu'il n'y pensait jamais plus, qu'il avait oublié.

– Evident, avait dit la jeune femme, en 1962, à Turin (vous me reprenez si je me trompe de date!), en 1962, vous rencontrez M. Schlappfer et à partir de ce moment-là c'est le conte de fées, n'est-ce pas?

Le conte de fées? Oh! mademoiselle, les Schlappfer c'est beaucoup mieux qu'un conte de fées! C'est la vie, c'est ma vie, le sel de la terre...

Dans le taxi qui monte vers le Dolder il frémit en pensant qu'il aurait pu ne pas les rencontrer! Dire que le goût même du destin est à la merci d'un regard que l'on croise, d'une main inconnue que l'on serre. D'une folie. Car c'était bien une folie, le voyage à Turin en 1962. Il avait loué le stand le meilleur marché de la Foire. Il avait entraîné Colette. Fachoux avait gardé le hangar et sa femme avait gardé Sylvie. Il pleuvait sur Turin. Depuis deux jours qu'ils étaient là, les gens passaient indifférents, pressés, devant le stand étroit. « On est pourtant bien placés, plaisantait Colette, juste contre les vécés! » Personne ne s'arrêtait. De temps en temps un œil distrait se levait sur le sigle BERTRAND

Lorin, effleurait les délicates mécaniques. Bertrand n'osait jamais s'éloigner. « Promène-toi! » disait-il à Colette. « Va voir la ville, prends l'air! » Il pleuvait et Colette faisait lentement le tour de la Foire en regardant les gouttes glisser le long des verrières. Le troisième jour, il lui avait confié le stand.

– Qu'est-ce que je dis si quelqu'un vient?

Il avait ri et elle n'avait pas insisté, le regardant partir, les épaules un peu courbées, et disparaître derrière les moteurs des usines Potez.

Une heure plus tard, il l'avait retrouvée, excitée, volubile, rose. Un grand type « genre allemand » était venu, il lui avait posé un tas de questions techniques auxquelles, naturellement, elle n'avait pas su répondre. Mais elle avait parlé le plus longtemps possible pour le retenir...

– Qui est-ce?

C'est idiot, elle n'avait pas compris son nom et pas osé le lui faire répéter. Un nom qui s'éternue... Ça a l'air d'être un type important. Bien sûr il ne reviendra pas!

Il était revenu. En 1962 déjà ses cheveux commençaient à blanchir. Il était très grand. Presque trop grand. Mince. Il les regardait de toute sa taille. Colette murmura :

– Voilà monsieur...

– Schlappfer, dit-il.

La Schlappfer de Zurich, avait pensé Bertrand impressionné, si loin de se douter qu'un jour il verrait son nom accolé à celui de Schlappfer, sur les murs des usines, sur les plaques du Siège, sur le papier à lettres...

Géa touchait les pièces, promenait ses doigts sur le métal, écoutait les explications de Bertrand, ne disait rien. Puis il s'était tourné vers eux :

– On va déjeuner.

Il les avait regardés fermer le stand, attendant patiemment qu'ils le rejoignent dans l'allée. Puis il avait souri :

– Monsieur Lorin, votre femme n'est pas un expert de mécanique mais elle a la force de conviction. Je crois qu'elle vendrait des plumes à un poisson! Ça m'a donné envie de voir le héros. Moi aussi j'ai une femme dans ma vie.

Colette n'avait pas dit un mot de tout le déjeuner. Les deux hommes parlaient, crayonnaient sur leurs carnets. Il ne fallait pas casser ça. Elle trempait ses lèvres dans le meilleur vin qu'elle ait bu depuis longtemps. Quelque chose gonflait sa poitrine entre le rire et le sanglot. Elle écoutait.

– ... les Arts et Métiers?

– Oui, et puis, avant même la fin de mes études, un stage à la recherche, chez Bertin, qui a tout déterminé.

– Et, tout de suite après les diplômes, vous fondez la petite affaire? Jamais travaillé ailleurs?

– Oh! si, avait dit Bertrand en regardant sa femme.

– Chez qui?

– ... Charles-Auguste Vallée.

– Charles-Auguste Vallée... Attendez, c'est bien lui ce type impossible qu'on appelle « le Gaulois »?

« Le Gaulois »... sa belle tête ronde, ses moustaches d'Arverne, son œil candide de paysan... La vache!

– Vous avez dû en voir! Je vous plains! Terrible, le vieux Gaulois.

– Je comprends, avait dit Colette. C'est papa.

Pauvre Géa, il était navré. Il avait posé sa grande main brunie sur la main de Colette :

– Il faut me pardonner, madame.

– Pensez-vous, avait dit Colette, ça ne fait rien. On sait tout ça mieux que personne. Ça fait sept ans qu'il nous a jetés. Il n'a même pas voulu connaître sa petite-fille...

Géa avait hoché la tête, il avait commandé un deuxième cappucino pour tout le monde, avait posé son stylo, rangé ses lunettes, puis il s'était penché vers eux et leur avait dit :

– Il faut que vous connaissiez Annelise.

Et tout avait changé. Très vite. On était passé sans transition de la misère à la puissance. Bertrand avait seulement travaillé encore plus. Sans bien comprendre... Mais le Gaulois avait compris tout de suite, lui. Son retour vers eux! « Mes enfants! » les grosses larmes dans ses yeux bleus, Colette était pleine de méfiance, mais il était fort. Au bon moment il avait toujours un début d'attaque. Un doigt dans le col, une goulée d'air, un regard égaré, la cravate défaite, un bouton qui saute... On s'affolait. Il reprenait ses droits déchus. Il était peut-être sincère... Pourtant il y avait eu l'affaire du Conseil d'Etat qui avait beaucoup troublé Bertrand. Le don de son nom à son gendre. Il disait : « Ce sera plus simple pour les affaires quand je ne serai plus là. » Bertrand Lorin était devenu Bertrand Lorin-Vallée. Curieuse impression d'envoûtement pour Bertrand. Joie si violente pour le Gaulois qu'il en avait eu une attaque, vraie cette fois. Il était mort dans son lit après un bon dîner en famille, et la femme de chambre l'avait trouvé au matin, déjà froid et toujours souriant derrière sa moustache de maquignon.

Le taxi avait atteint les hauteurs du Dolder. La nuit était claire, froide, la ville brillait au creux de la vallée autour des guirlandes soutachant le lac. On longeait le golf. La maison des Schlappfer apparut. Toutes fenêtres illuminées, elle avait l'air d'une grosse lanterne à facettes posée sur la colline. Les phares révélèrent la peau frissonnante des bouleaux, la masse sombre des thuyas et des buis. Le taxi ralentit et les graviers soigneusement griffés exhalèrent un soupir confortable. Déjà la porte s'ouvrait. Une des petites servantes, celle de Speicher, avait entendu la voiture et se tenait, *dirndle* fleuri, bas blancs bien tirés, souriante, sur le seuil.

– *Gruëzi!* disait-elle en tendant les bras pour le débarrasser de son manteau.

– *Gruëzi!* répondait Bertrand, tout fier du seul mot qu'il connaissait, en schwizerdùtsch.

Mais Géa, furieux, immense, l'attrapait par les épaules :

– Qu'est-ce que c'est que ce mauvais genre d'habiter l'hôtel? Tu trouves que les lits ne sont pas bons ici?

– C'est mon français? interrogeait Annelise qui apparaissait à son tour, un ananas d'argent rempli de cubes de glace entre les mains.

Chaque fois que Bertrand les voyait, il les trouvait encore grandis. Les gens se tassent en vieillissant. Avec l'âge, les Schlappfer s'élançaient comme des arbres. Avec un air de frère et sœur que les années accentuaient. Peut-être parce qu'ils n'avaient pas eu d'enfants...

– Bertrand, tu ne nous aimes plus! Et tu n'es même pas au Dolder! Tu sais que c'est le seul hôtel que je permets parce que les pelouses se touchent et que tu peux venir pieds nus et puis c'est si gentil, là-bas, que tu te croies avant Saraïevo! Embrasse-nous, antéchrist!

Il serra tendrement contre lui les sautoirs tintinnabulant, l'ananas glacé, les bracelets de jade et d'or, retrouva l'odeur d'encens sur les cheveux et les joues d'Annelise. Annelise, toujours belle et pas plus fanée qu'en ce jour lointain où elle leur avait ouvert sa porte pour la première fois, au lendemain de Turin...

– Tu vas t'amuser, promettait-elle. Tu vas t'amuser, il y a plein de fous ici, ce soir.

Mais l'autre petite servante, celle de Vevey, passait le nez à la porte, l'air affolé :

– Madame! il faut vite remplir Richard Wagner! Il est tout vide!

– *Grüss Gott!* Je cours!

– Comment vont-ils? demanda Bertrand.

– Toujours soiffards comme père et mère, ces deux vieux chéris! répondit-elle avant de disparaître par la porte ouverte sur une bouffée de musique et de voix.

Conversation d'initiés, douceur de l'amitié, société secrète des cœurs qui se sont choisis. Il s'apprête à la suivre mais Géa le retient par le bras, cligne de l'œil et l'entraîne avec un air si farceur qu'ils semblent s'éclipser pour aller jouer aux billes.

Au bout du couloir, derrière la porte matelassée, tout est sombre, calme, silencieux. Géa allume et Bertrand se retrouve avec délices dans son terreau nourricier. Un minuscule morceau de métal, posé sur un buvard vert, trône, solitaire et précieux, au centre du bureau d'ébène, entouré de schémas, d'équations, de graphiques.

– Tu vois? C'est pour ça que je vais à Milan demain. Ils ont trouvé chez Mantovani un alliage qui vaut peut-être la peine... Qu'est-ce que tu en penses? Si jamais le projet avec les Japonais prenait corps...

Bertrand touche, palpe, lit, compare, discute et peu à peu il glisse vers la table, s'assied, sort un crayon, Géa se penche sur son épaule et suit le fil léger qui sort de la longue main. L'heure tourne. Aucune importance. Ils pourraient passer la nuit tous les deux penchés sur ces enfants de leur esprit qui deviendront ces petites pièces mystérieuses, douées de vie, de mouvement, de pouvoir...

– Il faut que tu viennes à Milan, fils, dit Géa en appuyant sa main sur l'épaule de Bertrand. Ça ne me plaît pas de décider sans toi.

Bertrand cesse de dessiner, immobile, prêt à parler, à expliquer son bizarre voyage :

– Je ne peux pas venir, dit-il, parce que...

– Géa! tu es fou! – Annelise a ouvert la porte dans leur dos, elle est furieuse. – Tu as des invités plein la maison et tu t'enfermes pour faire des dessins avec Bertrand!

Ils se redressent comme deux gamins pris en faute et elle éclate de rire.

– Est-ce que tu l'as au moins décidé à venir à Milan? Non? Bravo! Un de ces jours tu feras faillite et je t'abandonnerai! Alors, vous venez ou je lâche les fauves?

Elle glissa son bras sous celui de Bertrand et l'entraîna vers la porte tandis que Géa rangeait les croquis avec des tendresses d'amateur d'estampes.

– Tu sais, ce soir, ce n'est qu'un petit dîner à la comme ça me vient. On n'est pas assis comme chez la reine d'Angleterre. D'abord, à part toi, je ne connais personne d'assez distingué pour faire des dîners assis! Allez, viens, je vais te présenter à tout le monde!

Et brusquement, elle le quitta pour courir vers la porte où une nouvelle venue enlevait son manteau :

– Hilde! *miin Schatz!* Je croyais que tu ne viendrais plus, petit trésor!

Bertrand entra seul, heureux, dans la grande pièce aux huit fenêtres pleine de monde et de joie.

C'était bien le « comme ça me vient » habituel d'Annelise. Avec des salades merveilleuses, de grandes langues roses et froides, des gâteaux qui ne pardonnaient pas, d'étranges desserts salés et de curieux hors-d'œuvre sucrés qui faisaient dire à Colette que c'était de la nourriture permanente. Des bougies trapues et des alcools aussi irréprochables, aussi éclectiques que le fond musical.

– Quelle bonne surprise de vous trouver ici!

Chaleureux, élégant, superbe, Leonardo Mantovani lui serrait les deux mains, lui présentait ses compagnons, espérait de tout cœur qu'il venait à Milan demain... Non? Oh! *peccato!* jour disgracié! désespoir profond...

Bertrand expliquait :

– *Mi dispiace moltissimo, ma per domani ho un appuntamento importante dalquale non posso sganciarni.*

– *Oh! ma come parla bene italiano!* s'extasient les épouses qui l'adoptent, lui trouvent une assiette, du pain, des couverts, une petite serviette en papier avec du houx et des cloches... et soudain disparaissent parce qu'il paraît que la femme du recteur de l'Université tire les cartes dans la pièce voisine et qu'on ne peut manquer ça pour tout l'or du monde!

Ce qui n'empêche nullement un garçon assis sous le grand papyrus de mêler sa voix à celle de Joan Baez invisible, ni d'autres voix de lui répondre. On est bien. Comme ça me vient. Bertrand plonge dans une salade. Un vieux monsieur à cheveux blancs et visage de gamin le salue de loin. Bertrand lui rend son salut et se demande s'il le connaît. Son visage lui rappelle quelque chose... Il aime cette liberté d'être qu'on respire ici. Il aime cette joie déjà germanique de la maison Schlappfer. Chez Annelise, c'est Noël toute l'année. Les bougies ont des collerettes, des jupons fleuris et des devises en lettres gothiques qui disent certainement des choses très aimables. Il pêche une grande tranche de langue qui fait flac! sur de l'ananas brodé de crème. C'est très *gemütlich*. Une atmosphère intraduisible en français. Ah! boire! ne pas oublier de boire! Il salue les deux vieux chéris d'Annelise, les deux aiguières baroques de cristal gravé, coiffées de chimères de vermeil à langues fourchues. L'une, Richard Wagner, remplie d'un liquide pourpre, l'autre, Louis II de Bavière, la panse à peine ambrée. Qui les a baptisées? Quand? Personne ne s'en souvient. Mais ces deux objets sont devenus les dieux lares du foyer. « Si on casse les aiguières, on brûle la maison et on meurt! » disait Annelise. On ne savait jamais ce qu'il y aurait dans Richard ou Louis. C'était la surprise. Vins du Rhin, vins de Hongrie, château-lafite ou beaujolais nouveau. On ne savait jamais. C'était la surprise. Mais toujours une bonne surprise.

Il tourne le dos au Roi Fou et se sert de Wagner, flot rouge sombre, il devinera plus tard. Qu'est devenu Géa? Il n'est quand même pas resté tout seul dans son bureau? Il en serait bien capable! Non, il présente le charmant monsieur à cheveux blancs à des gens assis par terre qui lui font une place et lui offrent une assiette déjà garnie... et soudain l'attention de Bertrand est attirée par une longue jeune femme vêtue de noir. Une longue jeune femme vêtue de noir qui se sert à l'autre bout du buffet, riant et parlant allemand avec deux ou trois personnes. Il ne la voit pas très bien. Il voudrait la voir mieux. Elle a une grâce naturelle dans ses gestes les plus simples... Reposer la cuillère sur le plat, se relever en léchant la paume de sa main où est tombé un grain de riz, éclater de rire parce qu'on l'a vue... Elle est infiniment plaisante. Et elle lui plaît. Il la regarde et elle pose les yeux sur lui. Elle reste immobile, cesse de sourire, le regarde longuement, puis commence à manger calmement sans lui prêter attention. Il reste stupide... Non, ce n'est pas possible? Ce n'est pas la doctoresse de ce matin? Il ne suffit pas de prendre un bain, de refaire son maquillage et sa coiffure, de passer une jolie robe au sortir de son travail pour paraître tout à coup si humaine et si sympathique.

Il va s'asseoir à l'écart sur un canapé et pose son assiette et son verre devant lui sur une table basse. Qui est cette fille qui ressemble à son docteur?

Il mange du veau aux myrtilles ou de la myrtille au veau et tout ça baigne dans la crème, l'ananas, la langue froide, mais c'est bon.

– Je peux, monsieur, s'il vous plaît?

Il en reste la fourchette de myrtille en l'air. Cet accent qui s'appuie exactement là où il ne faut pas... c'est donc bien elle! Il se lève avec empressement pour faire asseoir la jeune femme près de lui.

– C'est drôle, non? dit-elle en souriant.

Il acquiesce sans rien dire, tout occupé à la regarder et à s'étonner de sa métamorphose. Mais qui a changé? Elle? Ou lui?

Elle prend ce silence pour de l'inquiétude et croit devoir le rassurer :

– Pas de crainte : secret professionnel! et elle tend son verre vers lui avec un geste de conspirateur. Son verre pâle qui rencontre le verre pourpre de Bertrand avec un soupir musical.

– Tiens, dit-il, vous préférez le Roi Fou...

Elle le regarde longuement, dit :

– Mais alors, vous les connaissez très bien?

– Très.

– Oh! dit-elle en portant une main à son front, ça y est, j'ai trouvé : vous êtes l'associé français de Géa!

– Bravo! et moi aussi je vais essayer de deviner; vous êtes mon docteur!

– C'était difficile, ça, à deviner?

– Très! aucun rapport entre la dame de ce matin et la dame de ce soir!

– Alors il y en a une que vous n'aimez pas.

– ...

– Bon. Je sais pas laquelle je préfère que vous préférez pas. C'est correct?

– Non, mais ça n'a pas d'importance. Je passe une très bonne soirée et pour rien au monde je ne remettrai les pieds dans votre clinique!

– Mais ce n'est pas gentil, monsieur! dit-elle avec un réel chagrin. Et ce n'est pas juste! Je suis un très bon docteur, vous savez!

Il tendit la main vers elle :

– Comprenez-moi, ça n'a rien à voir avec vous! Il s'agit de moi! Je vais essayer de m'expliquer... on m'avait dit : « Si tu es malade un jour, va chez Mahler, à Zurich. » Je n'étais pas malade – je ne suis du reste pas plus malade qu'avant, un peu plus fatigué...

– Normal, dit-elle.

– Oui. Mais quand j'ai décidé de prendre rendez-vous avec le docteur Mahler, avec vous... non, vous parlerez après, laissez-moi finir! avec vous, je m'étais fait une idée dans ma tête. Pour moi le docteur Mahler avait une grande barbe, blanche de préférence, soixante-cinq ans, il était très bon, très sage, très compréhensif. Vous savez, de ces vieux savants qui finissent par avoir leur tête sur un timbre, un billet de banque... Je vous fais rire?

– Non, dit-elle.

– J'avais envie de me confier à un oncle... de redevenir petit. Et puis je vous ai vue.

Il la regarda et la trouva très belle.

– Vous comprenez, c'est troublant, quand on n'est pas au courant, de voir une si jeune femme diriger cette énorme clinique.

Elle eut un rire bref :

– Je ne dirige rien du tout. Le Dr Mahler, c'était mon père.

Cette explication, si simple, fit voler en éclats tout ce qu'il avait pu imaginer de déplaisant.

– Il était bien comme vous espériez. Très bon, très sage, très compréhensif. Et, même la barbe c'est vrai. Il est mort à la fin de mes études... La clinique a pris son nom *in memoriam*. Lui n'a jamais su, n'a jamais vu la gloire. Moi, je suis juste un petit docteur de la maison. Pas le plus mauvais.

– J'en suis sûr! dit-il avec enthousiasme.

– Vous n'êtes pas sûr. Vous êtes un Latin. Le Latin est raciste avec les femmes.

– Raciste? Moi?

– Oui, la preuve : vous vouliez un oncle, un grand-père. Mais vous avez jamais dit : je veux une grand-mère!

Bertrand rit, avala une gorgée de vin.

– Pourquoi fermez-vous les yeux? demanda-t-elle. C'est pour éluder?

– Non! Parce que je viens de reconnaître le vin : châteauneuf-du-pape. Merveilleux!

– Moi c'est du twaner. Formidable!

– Tchin?

– Tchin!

– Vous savez que c'est vrai, vous êtes un très bon docteur, et la preuve c'est que je vais déjà beaucoup mieux!

– Je vous l'avais dit!

Ils se turent et se regardèrent. La bonne soirée...

– Quelle aventure! dit Bertrand.

– Vous verrez que demain nous nous entendrons très bien.

Demain? Oui, c'est vrai que demain il devait retourner à la clinique... Il avait dit que non... Eh bien il avait changé d'avis!

– Demain, je n'aurai plus peur.

– Vous avez eu peur de moi?

– De vous, des nurses, de la blancheur des couloirs, des cris en allemand...

– Des cris? Personne ne crie! cria-t-elle.

– Qu'est-ce qu'il vous faut! Non, je vous en prie, ne soyez pas fâchée! Mais arriver à jeun, ne rien comprendre, tomber dans un univers clos, ces odeurs... et puis j'ai rencontré un grand vieillard si triste avec une couronne brodée sur le pyjama...

– Oh! Pappy!

– Pappy?

– Oui c'est le prince Carl von Elbenhausen-Eschenbach. Il n'est pas mon malade mais je vais le voir parfois. Il croit que je suis la famille... C'est triste, il n'a jamais une visite. Des fois des fleurs très grandes. Une lettre. Mais jamais personne. C'est pour ça que je dis : « Bonjour, Pappy! » J'apporte un perce-neige, un rire, je raconte la saison... mais maintenant il souffre. Il ne sait plus où il est. Il mélange les noms des petits-enfants et des chevaux.

Il y eut un long silence presque insupportable à force d'être émouvant.

– Demain, dit Bertrand, on recommencera tout par le début. J'arriverai pour la première fois à la clinique, j'entrerai dans votre bureau avec le sourire et je dirai : bonjour, docteur! Je suis votre grand malade de Paris.

– Je crois bien que vous êtes le premier Français que je soigne, dit-elle.

– Vous voyez bien que vous êtes raciste!

– Oui! convint-elle avec ravissement.

– Eh ben voilà! On est amis!

– Ils sont amis, c'est merveilleux! on n'a même pas eu besoin de les présenter! s'écrie Annelise, penchée au-dessus d'eux derrière le dossier du canapé et les prenant par les épaules en ouvrant ses deux bras. J'adore les gens qui n'ont pas besoin qu'on s'occupe d'eux! Vous êtes heureux? Rien ne manque, ni la viande, ni le vin, ni le sel, ni le bonheur?

Elle était déjà repartie, allant de groupe en groupe, ravie, débordée, comblée d'être envahie.

– Elle sera toujours joyeuse, Annelise, parce qu'elle donne tout...

– Tout. Vous les connaissez depuis longtemps? demanda-t-il. C'est drôle que nous ne nous soyons jamais rencontrés chez eux?

– Non, parce que j'ai fini une thèse juste l'année dernière, alors je sortais pas beaucoup à cause du travail. Mais je les aime tellement.

– Qu'est-ce qu'on deviendrait sans les Schlappfi!

– Les Schlappfi?

Il rit, expliqua :

– Oui, c'est ma fille, Sylvie, qui les appelle comme ça. Quand elle était petite, la première fois qu'elle est venue ici passer quelques jours elle a dit en rentrant à Paris : « Nous sommes allés en Europe voir des amis que nous avons là-bas. »

– C'est joli...

– Oui, et c'est vrai, les Schlappfi, c'est l'Europe. Ici personne ne parle la même langue et tout le monde se comprend... Je pense que les petites cours de l'Allemagne du XVIIIe siècle devaient ressembler à ça... Maintenant on vient entre deux avions, on croit qu'on va repartir très vite et, trois mois après, on est encore là... A propos, qui est le joli enfant rose très vieux avec les cheveux tout blancs?

– Le physicien anglais?

– Ah! bon, c'est un physicien anglais?

– Peut-être pas mais j'aimerais bien...

– British, c'est sûr, mais moi, je le vois peintre...

– On parie?

– Hilde!

Quelqu'un à l'autre bout du salon a crié ce nom et la jeune femme a tourné la tête :

– *Ja!*

Et elle rit à ce qu'on lui dit en allemand à travers la pièce, elle rit et lève son verre couleur de miel « *Prosit!* ». Et puis de plus en plus gaie, de plus en plus jeune, elle revient à son malade français, son Latin raciste et charmant, son nouvel ami à travers les Schlappfer, les Schlappfi, l'Europe. Et lui la regarde et s'émerveille. Et, murmurant au fond de lui, il tresse une guirlande Hilde, Hilde, Hilde, Hilde, Hilde... parce que c'est bouleversant de mettre soudain un nom sur un si beau visage. C'est comme une naissance saluée.

Hilde.

Il va le dire.

– Hilde!

Ce n'est pas lui qui l'a dit.

Un garçon superbe s'est emparé du bras droit de Hilde et le secoue comme s'il avait l'intention de le séparer du reste du corps.

Comment peut-on réunir tant de poils sur ses joues, tant de couleurs sur sa cravate, tant de carreaux sur sa veste? Il doit avoir un succès fou dans les piscines. Il inonde Hilde de grosses phrases en allemand comme un chien qui vous mouille avec une grosse langue. Il gêne. Il va bien finir par comprendre qu'il gêne. Il va partir. Il faut qu'il parte. Il voit bien qu'il est de trop...

– Français? Tu dis qu'il est français? s'écrie le type superbe. J'aurais dû m'en douter!

Il enjambe la table – un jeu d'enfant – et se glisse entre eux.

– Permettez!

Le niveau du canapé descend de dix centimètres et Bertrand sent avec répugnance la chaleur d'une superbe cuisse d'homme contre sa cuisse à lui.

– Français! et tu ne le disais pas, teutonne! On va enfin pouvoir entendre parler ici autre chose que du dialecte! Français! mais il a du saumon, le vampire!

Il pique une parcelle rose, dans l'assiette de Bertrand ahuri, commence à mâcher, crie : « Trahison! c'est de la langue! » et pose le morceau mâchouillé sur le bord de l'assiette de Hilde.

– C'est ça, crache dans nos verres, maintenant!

– Dis donc, la paysanne de l'Urschweiz, y a pas tellement longtemps que ta famille dort plus avec les vaches! Oh! ces Suisses allemands, quelle plaie! fait-il en clignant de l'œil à Bertrand. Mais attention, ne me prenez pour un Français! Je suis vaudois. Et je vais vous dire une bonne chose : je crois pas que vous soyez français non plus!

– Mathias!

– Silence, femme! Non, je crois pas que vous soyez français, et vous savez à quoi je l'ai vu? A la boutonnière! La boutonnière vierge. Le Français, moi, je le regarde pas dans l'œil, je le regarde dans la boutonnière. Pour voir où il en est de la Légion d'honneur. Une maladie que tu connais pas, docteur. Alors, vous, à votre âge, avec les boutons de manchettes que vous avez, ça devrait être au moins la rosette. Donc je pense dans ma tête : ou bien il est pas français... ou bien il sort de prison.

– Mathias!

– Ça ne fait rien! Je vous en prie!

– Mais il parle! Je me disais : il lui manque que la parole... et la Légion d'honneur, bien sûr! Hilde, mets-toi gentiment sur les pattes de derrière et va me chercher deux décis de quelque chose. Non? La gueule? Le casque à pointe? comme muttie Bertha? A ton vieux copain? Ton vieux copain qui passe juste vingt-quatre heures à Zurich et qui t'invite à déjeuner demain?

– Je regrette. Je suis déjà engagée.

Bien fait, pense Bertrand, tout heureux qu'elle ne déjeune pas avec ce garçon avant d'être affreusement triste qu'elle déjeune avec quelqu'un d'autre.

– Bon. Tant pis pour toi! Alors, monsieur, dites-nous pourquoi vous êtes au ban de la société?

Bertrand se leva sans répondre et s'adressa à Hilde en souriant :

– Je vois que vous n'avez plus rien à boire... la même chose?

– S'il vous plaît! dit-elle, désolée, en lui tendant son verre vide.

– Hé! Ho! moi aussi j'ai soif!

Mais il est pas croyable ce type à carreaux! Quel emmerdeur! Une soirée délicieuse dans laquelle il tombe comme un cheveu gras! Qu'est-ce qu'on va en faire?

De loin Bertrand surveillait Hilde et le garçon. Elle avait l'air furieux et lui parlait très vite, lui adressant sans doute des reproches qu'il écoutait en haussant les épaules sans cesser de mâcher.

On faisait la queue au buffet devant les aiguières. Bertrand alluma une cigarette. Il se sentait de nouveau fatigué. Quel emmerdeur ce type! Son tour arriva, il remplit le verre, reposa délicatement le Roi Fou et respira le parfum de levain du vin frais.

– *Generous earth!* dit une voix.

Le vieux monsieur à cheveux blancs était devant lui, contemplant avec gratitude et respect un verre de châteauneuf que le maître de maison venait de lui servir.

– Bertrand, dit Géa, Alistair Mac Namara veut te connaître.

Alistair Mac Namara, bien sûr! Voilà pourquoi ce visage lui était familier. Il l'avait entendu un ou deux ans plus tôt à Pleyel. Quel pianiste merveilleux!

– On s'est rencontrés en avion, expliquait Géa, tu sais comme on est mal élevés, Annelise et moi, on peut pas s'empêcher de faire la conversation aux gens qu'on connaît pas... heureusement parce que maintenant on se connaît! conclut-il en donnant une joyeuse bourrade au pianiste qui gara prudemment son verre. Il va prendre un petit reste ici.

– Je vous ai entendu à Paris, dit Bertrand, *I heard you at Pleyel,* Variations Abegg, je crois, *a great event*!

– *Thank you, dear,* fit le vieux monsieur. *But the great event of my life is my* découverte... on dit ça : découverte? de la civilisation Schlappfer. Amis des Schlappfer, Royaume des Schlappfer... Chaleur des Schlappfer...

– Arrête la pommade, Alistair, dit Géa. Tu ferais mieux de venir choisir un disque, quelque chose de bien, s'il te plaît!

– *The best!* dit le vieux monsieur en le suivant le verre à la main.

Alistair Mac Namara, il fallait tout de suite dire à Hilde que son physicien était pianiste... Il se retourna vers le canapé. Mais elle avait disparu. Partie? C'était trop bête! Il faillit sortir de la pièce en courant. Crier. C'était son docteur après tout, il avait bien le droit de lui parler! Et l'autre imbécile qui était toujours assis à la même place, en train de manger. Il doit finir les assiettes! Il est répugnant!

Mal au cœur.

Il écrasa sa cigarette.

– Tu vas bien, Bertrand?

La voix d'Annelise lui parvenait à travers un brouillard.

– Très bien, dit-il en se sentant très mal.
Elle était partie. Hilde.
Il fallait qu'il rentre, qu'il aille se coucher. Tout de suite.
Mais quelque chose le retint, quelque chose de grand, de tranquille qui s'avançait sans hâte sur la soirée comme un vaste vaisseau, et cette chose était si belle, si irrésistible, si essentielle qu'il demeura comme enchanté, oubliant la douleur qui clignotait comme une étoile dans sa poitrine, oubliant la nature même de cette chose qui avait pris possesson de lui, du temps, des visages soudain graves qui l'entouraient, des paupières baissées, des mots envolés, comme si, seule, cette chose avait le droit d'être là. Il la connaissait par cœur. Mais il ne la reconnut pas. Il ne reconnut pas la Mort car, à l'autre bout de la pièce, Hilde apparut. Hilde qui le regardait écouter et cette chose immense qui les enveloppait lui parut sereine et pleine d'espoir. Après le dernier soupir des hautbois, il lui sembla qu'une porte s'ouvrait sur un jardin lumineux et alors seulement il osa aller vers Hilde et lui tendre le verre qu'elle reçut entre ses deux mains comme un calice.
– On voudrait mourir comme Isolde, dit-elle en souriant et il retrouva la mémoire.
Le charme était rompu, chacun s'ébrouait, les mots reprenaient leur pouvoir ordinaire et Gershwin remplaça Wagner.
– Je suis honteuse pour tout à l'heure, je vous présente des excuses nationales à la place de Mathias...
– Mathias a encore fait des catastrophes? demanda Annelise qui passait un plateau de café.
– Il mange dans ton assiette, il boit dans ton verre, il est *vulgär, rücksichtslos!*
– Mais qui est ce Mathias? demanda Bertrand en prenant une tasse...

– Oh! mon chéri, dit Annelise, c'est notre croix! On te l'a épargné longtemps mais il a fini par te frapper. Il n'est pas méchant mais il pense qu'il est un play-boy et personne n'ose lui dire la vérité. Il est écrivain, ajouta-t-elle avec consternation.

Bertrand s'étrangla en buvant son café :

– Mais il n'y a aucun mal à ça!

– Tu verras! Je te prêterai les œuvres complètes, il écrit en français. J'ai essayé de lire le premier livre, j'ai jamais compris si c'était une fille qui avait des cuisses de vache ou une vache qui avait des yeux de fille!

– Non! c'est une vache qui a des cuisses de fille!

Comme elle riait bien.

– Annelise, poursuivit-elle, je vais partir discrètement parce que je commence à l'aube.

– Annelise, dit Bertrand, je vais raccompagner Mademoiselle...

– On ne dit pas « Mademoiselle », on dit « le docteur ». Tu sais qu'elle est docteur, cette petite? Un très bon docteur.

– Eh bien, je vais raccompagner le docteur...

– Permettez, je vais MOI, vous raccompagner, dit Hilde. J'ai ma voiture dans le jardin, vous êtes un malheureux étranger perdu dans notre ville et dans le brouillard et le Zurichois est serviable.

– Tu vois que tu compliques la vie de tout le monde en ne dormant pas ici! Heureusement la *Rote Kreuz* est là! Et, comme dit Hilde, plus serviable que le Zurichois, il n'y a pas. Except *la* Zurichoise!

Elle l'embrassa, odeur d'encens, tintement des colliers, Annelise, chère Annelise, et le retint contre elle :

– Tout de même tu n'es pas gentil! Aller à l'hôtel! Jamais Colette n'aurait fait ça! Tu sais comment tu peux être pardonné? Tu me les amènes tous!

Le temps de promettre, de saluer Géa et les Italiens, *peccato*! jour disgracié! désespoir profond! de prendre les manteaux dans l'entrée et soudain ils étaient seuls dans le jardin humide de la nuit.

– J'ai une toute petite voiture, dit-elle, mais nous n'avons pas un grand trajet à faire, les jambes tiendront quand même.

Il s'installa auprès d'elle et trouva la petite voiture merveilleusement confortable. Hilde mit le contact.

– Vous savez, dit-il, il y a près de vingt heures que je suis debout, je tangue un peu mais je suis bien. Je vivais dans la peur depuis si longtemps et grâce à vous...

– Lâcheuse! jappa soudain une sorte de grosse bête velue qui sortait de la maison.

– Oh! *Lieber Gott!* gémit Hilde en s'effondrant sur son volant.

Le Balzac vaudois s'appuyait à la portière :

– Tu pars comme ça et tu sais que je descends juste à côté de chez toi!

– Je raccompagne monsieur, dit-elle sèchement.

– On peut se serrer!

Hilde prit une grande respiration et se tourna vers Bertrand :

– Je suis désolée, je vais vous demander de descendre pour baisser le siège et le faire passer derrière. Vous habitez avant lui, alors...

Alors nous ne pourrons pas parler une minute seuls, comprit Bertrand

– Monte!

Mathias se glissa sur le siège arrière avec la frénésie d'un saint-bernard qui retrouve son panier.

– Oh! dis donc, c'est petit! constata-t-il sans obtenir d'écho.

Bertrand reprit sa place et la tête du saint-bernard se trouva exactement entre leurs deux têtes. Hilde démarra.

– On va boire un verre? Hé! Ho! Hilde? Je te parle! Non? tu sais que tu deviens pas marrante en vieillissant?

Les favoris du saint-bernard chatouillèrent la joue de Bertrand.

– Et le Français? Il veut pas boire un canon, le Français? Non plus?

Il donnait des coups de patte sur l'épaule de Bertrand qui faillit crier : « Couché! »

Enfin la grosse bête ne bavait pas, c'était déjà ça!

– Voilà, dit Hilde.

Il était arrivé. Trop vite. Bien trop vite. Il la remerciait. Remerciement d'inconnu à inconnue. Pas d'allusion à ce matin ou à demain. C'est bref une poignée de main. Et puis, les mains désunies, on se retrouve tout seul sur le trottoir. Le saint-bernard en profite pour se précipiter sur le fauteuil libre. Ouap! Ouap! Ça ne me fait pas rire. Pas rire du tout. Je suis furieux. Et furieux d'être furieux.

Furieux.

Merde! j'ai plus de cigarettes!

Qu'est-ce que je fous tout seul dans cette chambre à la con?

Beurk! c'est mauvais ce qu'il y a dans la petite bouteille blanche! du plâtre. Elle aurait pu me prévenir...

T'as l'allure, mon vieux, avec ton pyjama tout propre, même sur toi il reste plié comme dans la valise... Tu peux te regarder dans la glace... vaguement déformante la glace... La chambre aussi est déformante... Que c'est laid! Skaï, moquette électrifiée, air conditionné, poison, consternation, au secours, sauve-qui-peut!

Comment ai-je pu me laisser piéger pour les cigarettes? Et je n'ai même pas pensé à prendre un livre ou une revue. Rien à lire. Si! La Bible en allemand. Offerte par la direction. Et, si tu as oublié ton rasoir, le portier t'en prêtera un entre les Proverbes et les Rois. C'est expliqué en six langues sur un papier collé au fond du tiroir de la table de nuit. La Bible en allemand!

I. *Am Anfang schuf Gott Himmel und Erde.*

Ça doit vouloir dire : « Au commencement Dieu créa le Ciel et la Terre »... Mais va savoir si les Allemands ont la même Genèse que nous? Pas du tout sommeil. Mais alors, pas du tout! le type en pyjama dans la glace... ridicule. J'ai eu tort de boire ce café chez Annelise. Si au moins il y avait quelque chose à la télé... tu parles! tout le monde est allé se coucher! Tu peux tripoter les touches! Voilà! Voilà! Voilà!

La voie lactée à bruit de fontaine coule du rectangle endormi.

Bientôt 2 heures, tu ne voudrais pas qu'il y ait encore des émissions? Faut être japonais, mon vieux, si tu veux regarder la télé vingt-quatre heures sur vingt-quatre! Faut avoir les yeux en amande! même les mires font dodo! Je te jure! Elle est fraîche l'Europe! Qu'est-ce que j'avais besoin de venir me faire chéquer ici? Il n'est pas bon docteur, Desmarets? Il a pas un bon diagnostic? Et c'est un cousin en plus, il fait même pas payer!

Je casserais quelque chose avec plaisir.

Et la radio, elle roupille aussi? Ah! non, tiens, un poste italien!

... una buona, buona notte, cari ascoltatori, e fate dei sogni d'oro!

Pas vrai! Personne ne me croira... Ah! tout de même, les Allemands ne sont pas encore couchés, eux. Ils ont même l'air bien réveillés...

Et tout d'un coup c'est tellement affreux, tellement horrible qu'il reste pétrifié devant le poste d'où s'échappe une voix hystérique. Hitler. Pas possible, ils le ressortent la nuit?

Bien sûr ce n'est pas Hitler, ce doit être un brave type qui essaie de vendre du houblon ou des bretelles à fleurs à d'autres braves types, peut-être même un pasteur qui dit : « Aimez-vous les uns les autres », mais il faut avouer qu'ils ont une manière de causer à eux. Des gens qui chantent si bien! Je vais voir si justement...

Il appuie sur une touche et fait un miracle.

Bertrand, ça y est : tu comprends l'allemand.

Iche bine eine kleine frauleiiiiine..., chante une voix tendre avec application mais, curieusement, cette voix allemande a gardé l'accent qu'on attrape en naissant du côté de Marseille. Il est si heureux de l'entendre que, pour un peu, il chanterait avec elle. Il monte le son au maximum et rit, tout attendri.

Elle a la voix qui porte, la petite. L'or du Rhin descend le cours du Rhône, Wotan va être pris par un ruban comme jadis le monstre cornu fut pris par la vierge de Beaucaire. Elle lui donnera du thym, de la lavande, du romarin à brouter au creux de ses mains...

Le téléphone sonne la fin du miracle :

– *Stelle si bitte ires Radio lisliger ii!*

– Nix comprendre, Kamarad! dit-il gaiement.

Péniblement le veilleur de nuit explique qu'il est tard, monsieur, que les voisins se plaignent du bruit, qu'il faut baisser la radio...

La rage. C'est même pas construit en dur! Aussitôt sa décision est prise, il repart demain pour Paris. A quelle heure le premier avion? Mais le veilleur s'excuse, il ne sait pas, il demandera au concierge de s'en occuper dès que celui-ci arrivera pour prendre son service demain matin.

Il raccroche, de plus en plus furieux, désaccordé, trahi, exilé. Tout dit non. Tout refuse. Tout agresse. Tout conspire contre lui. Rideau.

Il ouvre son lit et découvre une petite plaque de chocolat qui a glissé de l'oreiller dans sa collerette de papier qui dit *Good night,* bonne nuit, *buona notte, gutte Nacht.* La rencontre l'attendrit, il ramasse la petite plaque et la mange bêtement en pensant, trop tard, qu'il n'aime pas le chocolat. A la fraise en plus! Alors ça, il déteste.

Il se couche. Il éteint.

Il déteste le chocolat.

Il déteste tout.

Il déteste.

La sonnerie du téléphone.

Encore! Il décroche, bourru.

– Eh bien, monsieur Lorin-Vallée, et le rendez-vous avec le radiologue?

Elle. En pleine nuit, qu'est-ce qui se passe? Qu'est-ce qui lui prend? Drôle de thérapie!

Ebouriffé, maussade, il cherche à tâtons un bouton électrique.

– Je viens juste de m'endormir, explique-t-il, quelle heure est-il?

Elle éclate de rire. Il est 11 heures du matin! Ahuri, Bertrand regarde autour de lui dans la lumière qui vient de jaillir des néons. 11 heures! Hilde continue à parler :

– Voulez-vous m'inviter à la Cafétéria du Lac à côté de la clinique?

– Mais... vous avez dit hier soir que vous deviez déjeuner avec quelqu'un...

– Oui. C'était avec vous.

– ...

– Allô!

– Allô!

– ... Je pensais que vous seriez d'accord. Je me trompais?

– Mais non! Mais non! s'écrie-t-il, ravi. Mais dites-moi, c'est très gentil...

– Alors à 12 h 45, à la Cafétéria. J'aurai juste une heure.

Elle a déjà raccroché et il reste dans son lit, pétrifié. Puis il bondit joyeusement hors des draps, se précipite dans la salle de bains, fait gicler l'eau de la douche, fait mousser le dentifrice, bat en neige la crème à raser, Iche bine bien content! Le téléphone sonne... C'est la réception : « Bonne nouvelle, monsieur, vous avez une place réservée dans le vol de... » Eh non! trop tard! Iche bine désolé! Iche bine sous la douche! Iche bine bien rasé! Non merci, pas de Frühstück, pas d'avion, pas de note! Je garde la chambre parce que, voyez-vous, tout compte fait, je ne pars plus, je reste!

Plus de fatigue, plus de rage, plus d'exil. Bertrand, tu vas avoir ta revanche.

Oh! moments violents et doux où la raison dépassée n'a même plus le temps de s'interroger sur les signes...

De la petite table d'angle, le regard peut se promener sur le bord du lac tout en surveillant l'allée par laquelle on accède à la Cafétéria. L'autre rive n'existe plus, effacée par une brume qui fait mal aux yeux et les canards luisants se plaignent du froid en piétinant, l'air mauvais, les galets du bord de l'eau.

Bertrand glisse une main dans la poche de sa veste, rencontre le tissu soyeux de la cravate et sourit. Qu'est-ce qui lui a pris? Son reflet dans la glace de l'ascenseur? Ce monsieur, net, correct, impeccable. Ce monsieur semblable au monsieur d'hier. Envie de tuer le monsieur d'hier! Alors, il était parti à pied. Besoin de marcher jusqu'à la station de taxis, pensait-il, parce qu'il ne savait pas qu'il allait à un rendez-vous. Le rendez-vous avec cette cravate un peu folle qui l'attendait, superbe, à la troisième vitrine de la rue. Fini le monsieur d'hier! Tué. Il suffisait de changer de cravate. La vieille dormait, tout plate comme un serpent éclaté, au fond de sa poche. La nouvelle, il l'arborait. Tout ça avait été si rapide qu'il ne se souvenait plus très bien du dessin, des couleurs et il n'osait pas chercher une glace pour voir de quoi avait l'air sa joie. La joie était là et la cravate, belle ou laide, le confirmait.

Les canards s'étaient mis à l'eau en disant que ce n'était pas une vie. Les serveurs en spencer rouge boutonné d'or circulaient sans s'occuper de lui. Une dame invisible n'en finissait pas de chanter *auf wiedersehen* et de confier aux haut-parleurs d'une voix désespérée mais discrète tous les malheurs de sa vie privée. Il était à la table de Frau Doktor et il l'attendait. « Regrets, monsieur », avait dit le patron, veston croisé et serviette blanche coincée sous l'aisselle quand il était entré. « Regrets, c'est complet! » Mais il lui avait suffi de dire avec qui il avait rendez-vous pour que s'ouvrît la voie royale jusqu'à cette petite table d'angle, pour que s'envolât le papillon blanc au nom du Dr Mahler, pour qu'on le débarrassât de son manteau, pour qu'on l'invitât à s'asseoir... Et maintenant il l'attendait.

Elle n'était pas en retard. Il était juste midi quarante-quatre. Et, comme il relevait les yeux de sa montre, elle fit son entrée au bout de l'allée avec une telle exactitude qu'il croit voir s'avancer vers lui une pièce d'horlogerie.

Rousse du bout des bottes jusqu'à son col de renard, elle marchait vite, de cette démarche particulière aux femmes qui affrontent la vie avec des responsabilités d'homme. Et dans son autonomie, sa liberté, elle paraissait d'autant plus fragile et touchante.

Elle ne l'avait pas vu en entrant et il la regardait avec curiosité évoluer dans ce milieu familier pour elle. Deux filles qui mangeaient à une même table l'avaient arrêtée et Hilde leur parlait, penchée vers elles, une main posée sur l'épaule de la fille dont Bertrand ne voyait que les cheveux. Puis quelqu'un l'interpella. Un garçon massif aux joues pleines qui était assis devant le bar de métal circulaire où l'on servait des repas rapides. Hilde l'écouta, fit un signe d'acquiescement, envoya quelques saluts et promena son regard autour de la pièce. Qui étaient ces inconnus? Des médecins? Des amis? Des gens qu'elle avait soignés? Mais déjà le patron lui désignait la table où Bertrand l'attendait et elle sourit.

Il se lève, il lui tend la main.

Aussitôt le menu et la carte des vins tombent sur la table avec un vase rempli d'anémones, avec une coupe remplie de petits glaçons et de petits pains de beurre habillés d'argent. Hilde a un léger regard vers la cravate mais elle ne dit rien, il ne dit rien non plus. Ils sont timides, muets, ils se plongent tous deux dans la lecture du menu jusqu'au moment où Bertrand déclare qu'il choisit évidemment *eine grosse Portion kalte geräucherte Bachforelle mit Meerrettichschaum.* Elle rit, le félicite pour cet effort linguistique mais préfère le guider vers autre chose. D'accord?

Oui! d'accord, absolument d'accord! Il est d'accord! Il flotte, il se laisse porter comme le canard à bonnet vert qui passe au gré du courant dans son champ de vision. Hilde et le patron tissent ensemble des phrases vertigineuses de rapidité et de longueur qui préparent l'avenir, *auf wiedersehen* sanglotent de nouveau les haut-parleurs. On présente du vin blanc à Hilde, on le débouche, on le lui fait goûter, à elle, elle approuve, on le lui sert, à lui. Elle dit que c'est du twaner comme hier soir. Santé! *Prosit!* C'est bon, dites donc, et si elle savait comme c'est bon aussi de perdre ses prérogatives d'homme, de cesser d'être celui qui choisit, qui décide, qui sait. Relâche! Pouce! Trêve! Merci! Il boit encore, retrouve le tendre parfum de levain, ferme les yeux, flotte et avoue :

– Vous comprenez, à Paris, comme je suis un monsieur important...

Il rouvre les yeux, rouge de honte, ce n'est pas ce qu'il voulait dire!

– Je suis ridicule, murmure-t-il, confus.

– Bien sûr, dit Hilde. C'est vendredi aujourd'hui. Le vendredi, on est toujours ridicule. Regardez-moi!

Elle est vraiment gentille, cette fille. Peut-être que demain elle ne travaille pas? Ils pourraient faire une longue promenade le long du lac. Elle doit aimer marcher. Il suffisait de la voir tout à l'heure arriver dans l'allée avec ses bottes de daim et sa collerette de renard roux...

– C'est joli ce que vous portez, dit-il.

– Merci! j'aime bien. C'est un peu montagne pour la clinique mais c'est parce que tout à l'heure après le travail je pars chez moi.

Chez moi? Qu'est-ce que ça veut dire « chez moi »? Qu'est-ce que c'est que le « chez moi » de Hilde?

Elle explique en beurrant une tartine de pain noir :

– Un petit chalet de famille dans une vallée de l'Urschweiz. Je n'ai pas vu depuis deux mois presque! Alors j'ai droit à trois jours. Je rentre juste pour vous.

– Pour moi?

– Pour vous donner les résultats du check-up.

Ah! oui, c'est vrai, le check-up! Je l'oublie toujours celui-là... Bon, eh bien, si elle part, profitons au moins de ce rapide déjeuner. Dommage... on aurait pu donner du pain aux cygnes... Soudain il ne trouve plus rien à lui dire. Heureusement le serveur apporte une soupière remplie d'un liquide fumant où nagent des choses mystérieuses.

– *Griesznockerlsuppe,* annonce-t-il.

– C'est zurichois? demande Bertrand à Hilde.

– Non, autrichien. La femme du patron est viennoise, c'est pour ça qu'ils font des gâteaux bons à éclater. Vous verrez!

Il va être 1 h 10. Dans trente-cinq minutes, avec sa précision habituelle elle va se lever et partir. De quoi peut-on parler quand le temps vous est ainsi mesuré?

– Racontez-moi votre fille.

– Ah! ma fille!...

Il s'éclaire, il s'illumine, il obéit et raconte et les dix-neuf ans de Sylvie, la brutalité de Sylvie, le sourire de Sylvie et sa faim de travailler, d'exister, de ne dépendre que d'elle-même. Comme un garçon.

Hilde proteste contre cette idée d'autrefois. Elle a raison, il en convient, mauvaise référence. Mais elle lui vient parce que la petite travaille avec la même fureur que lui à son âge. Seulement lui il était obligé, elle a beaucoup plus de mérite.

– C'est quoi les études?

– Economie, gestion. Des chiffres, des bilans, des statistiques... Elle a un univers tellement à elle que sa mère et moi l'appelons la...

– *Telefon, Frau Docktor!*

Avant qu'elle ne revienne de la cabine il sait déjà que c'est la clinique qui siffle prématurément la fin de la récréation. Elle est consternée : il faut qu'elle parte tout de suite, on a besoin d'elle pour un accouchement qui risque d'être difficile. Une cliente à elle, une femme de trente-neuf ans, très nerveuse, qui se décide, à son âge, à avoir son premier enfant. Elle a très peur et la réclame.

– Imprévisible, c'était programmé pour jeudi et il paraît que c'est commencé. Oh! je suis désolée! Vous allez devoir manger tout seul! Je suis vraiment fâchée parce que c'est toujours manqué avec nous, vraiment fâchée...

Vraiment fâchée mais déjà rhabillée, prête à partir, pense Bertrand qui se lève, furieux, frustré, courtois.

– Promettez que vous venez à la clinique pas trop tard pour que je vous dise au revoir avant de monter au chalet. Désolée, ajouta-t-elle.

Elle était partie.

Bertrand se rassit lentement et plongea sa cuillère dans son assiette. Dans l'allée il voyait s'éloigner Hilde. Elle courait presque.

Elle avait laissé le vin dans son verre. Elle avait jeté sur la table sa serviette à peine froissée...

Bertrand avala quelques cuillerées de soupe autrichienne. Puis il alluma une cigarette et demanda l'addition.

Auf wiedersehen! chanta la dame.

15 heures.

Dans le vestiaire proche de la salle de travail où elle se savonne les mains, Hilde est contente. Tout s'est mieux et plus vite passé qu'elle ne le craignait. Elle va tout de suite aller en salle de radio pour voir où en est son Français. Et puis en route pour la montagne. Dans son dos la porte s'ouvre et un astronaute vert pâle entre dans le miroir du lavabo comme sur un écran entre deux nurses rieuses qui le débarrassent de ses vêtements stériles, le débottent de ses feutres, le débâillonnent de son masque.

– Un bel accouchement, les Gretchen, dit-il avec l'accent de Lausanne.

Les Gretchen rient. Tout le monde rit de ce que dit Jérôme. Il est la gaieté de cette maison sévère et il parle si mal l'allemand qu'on rit encore plus fort. Visage large marqué d'un peu de blanc aux tempes, silhouette massive, il est solide comme le Réduit suisse.

– T'en va pas! crie-t-il à Hilde qui se dirige vers la porte, et dis-moi pourquoi tu as l'aîr si heureuse, qu'est-ce qui t'arrive?

– Je monte au chalet!

– Merde! moi qui avais promis à Laura de te ramener pour dîner ce soir! Elle va encore me gifler...

– Montez avec moi.

– Tu parles, je suis de garde tout le week-end!

– Alors tu me donnes les enfants et Laura.

– Pas possible, ils vont au cirque dimanche, trois places, trois milliards! Gretchen, n'ayez jamais d'enfants! dit-il aux nurses enchantées. – Alors bons sommets, ma grande. Embrasse Ignaz et Peter. Tu restes longtemps là-haut?

– Non. Je reprends mardi matin. J'ai un résultat de check-up pour un Français. Tiens, un homme qui a juste le même âge que toi.

– Hum! mauvais âge!

– Il faudra que je t'en fasse un bientôt. Mais je peux te prédire le cholestérol! Tu es perdu!

Dans le couloir elle croise Nurse Pauli. Oui, Herr Lorin-Vallée venait de passer à la radio, il était encore dans la salle d'attente.

Il remettait sa veste quand elle entra, toute joyeuse. Il n'avait plus la même cravate et elle en éprouva autant de chagrin que s'il lui avait dit quelque chose de blessant.

– Tout s'est bien passé? demanda-t-elle timidement.

Quelque chose la gênait. Il n'était plus le même, si lointain tout à coup, si froid. Il devait lui en vouloir pour ce déjeuner manqué...

– Je suis horriblement en retard, dit-il. Il faut tout de suite que je fasse demander un taxi sinon je n'aurai jamais l'avion de 15 h 59.

– L'avion? Et soudain elle vit la valise de Bertrand.

– Vous partez? Je croyais que vous restiez pour les résultats?

– J'ai changé d'avis.

– Ah! bon.

Un instant muette, décontenancée, elle prend une décision rapide :

– Je vous accompagne!

Il peut bien se débattre, dire qu'il ne veut pas la déranger, qu'il va prendre un taxi, qu'il suffit de téléphoner, elle ne l'écoute pas. Elle est déjà sortie de la pièce, se débarrassant de sa blouse blanche, elle est déjà revenue boutonnant sa veste rousse, l'entraînant vers la porte et le poussant vers la petite voiture qui attend dans le parking de la clinique. Elle démarre en trombe et, tout de suite arrêtée à un feu rouge, elle dit avec gravité :

– C'est bien, 3 h 10; nous serons pour l'heure!

Bertrand lui sourit. Enfin!

Le feu passe au vert, elle embraye et demande :

– Alors, comment vous l'appelez?

– Qui?

– Votre fille.

– Ah! Sylvie, nous l'appelons « Petite Planète ».

– « Petite Planète », *niedlich*! c'est très gentil!

– C'est vous qui êtes gentille de me déposer à l'aéroport.

– C'est mon chemin, dit-elle, honnête. Vous n'êtes pas trop fâché?

– Fâché? Pourquoi?

– Rien que des désastres avec moi. Primo, pas de barbe! Secundo, Mathias! Tertio, un bébé dans le potage!

– A propos?

– Petit Suisse, 4 kilos 120!

– Bravo!

La voiture aborde Bergstrasse, il y a peu de circulation, on roule bien. Il l'aura son avion, mais pourquoi avoir décidé brusquement de partir? Eh bien, il part parce qu'il ne sait vraiment pas quoi faire jusqu'à mardi.

– Je n'ai pas l'habitude de me reposer, vous savez. C'est angoissant de n'avoir rien à faire... surtout quand je pense au travail qui m'attend à Paris. Les Schlappfer sont à Milan, je n'ai emporté aucun dossier...

Il n'ose pas lui dire : « Et puis vous partez », mais il demande : « Parlez-moi du chalet. »

– Oh! c'est mon petit village de famille bien-aimé, puis elle freine brutalement devant la police qui barre la route.

Deux camions viennent de se tamponner, la chaussée est bloquée, des bouteilles de Coca-Cola sont répandues sur le sol comme des souris échappées d'une cage... Allons bon! Qu'est-ce qu'ils disent? Qu'est-ce qu'elle leur répond? Les policiers expliquent des choses qu'il ne comprend pas avec des gestes qu'il ne comprend pas. Hilde a perdu son sourire, elle pose des questions, sa voix a changé, plus aiguë, perchée tout à coup. Qu'est-ce que c'est? Qu'est-ce qu'il y a? s'inquiète Bertrand à qui on ne répond pas. Derrière eux, déjà un bouchon, il faut attendre que les voitures reculent, manœuvrent, qu'un poids lourd à remorque ait pataudement accompli une révolution pour pouvoir enfin repartir dans la direction d'où ils viennent. 15 h 20... Mais qu'est-ce qu'elle fait? Elle vire sur sa droite, s'engage dans une rue calme, contourne des blocs de villas à jardinets, évite des enfants qui pédalent doucement sur de petits vélos, monte une côte raide, tourne brusquement devant un sens interdit, fonce dans une banlieue grise, se trouve nez à nez avec un camion citerne qui livre du mazout. « Merde! » crie Bertrand et Hilde crie la traduction en schwizerdùtsch. Elle repart en marche arrière, frôle un tram tout vibrant et se retrouve sur le bon chemin.

– Encore loin?

– Dix kilomètres.

Dix kilomètres! Mais on n'y sera jamais! L'œil fixé sur la pendulette de bord, il serre les poings. On n'y sera jamais! Pourtant elle va vite... Elle fonce! Ah! l'autoroute... il faut qu'il l'ait, cet avion. C'est essentiel. S'il l'a, il s'engage à faire les choses les plus rebutantes, tiens, il est prêt à peindre avec eux! Il est prêt à ramasser des pommes, à les ranger dans un cageot, à les manger s'il le faut!... Bon sang! elle va vite! Très vite, même...

– Attention!

– N'ayez pas peur, dit Hilde qui se faufile entre un camion de déménagement et un car transportant quatre-vingts veuves américaines, double une Jaguar, change de file et accélère.

N'ayez pas peur... mais c'est qu'elle est terrifiante! On va se retrouver en première page du *Neue Zürcher Zeitung!* Oh! ce virage! Quoi? Kloten! déjà? Pas vrai! Incroyable!

La petite voiture trouve une place juste devant l'entrée des départs, pile à un centimètre du trottoir. Bagages empoignés, portières claquées, ils se précipitent tous les deux en courant à l'intérieur de l'aéroport.

– Je suis bien contente, dit Hilde à bout de souffle. On a gagné.

Il lui sourit, essoufflé aussi.

– *Es ist nicht nötig zu rennen!* dit l'hôtesse de la Swissair avec calme.

– *Was ist denn loss?* demande Hilde.

– *Streiken immer noch in Frankreich.*

– Hein? Qu'est-ce qui se passe? crie Bertrand.

Mais elles ne s'occupent pas de lui, mais vous savez que c'est incroyable! Mais c'est à se demander si c'est lui qui part!

– Qu'est-ce qui se passe? crie-t-il plus fort et elles semblent seulement découvrir sa présence et lui répondent en français, toutes les deux en même temps, inaudibles, confuses.

Il n'a rien entendu, mais il a compris.

L'hôtesse reprend pour lui et pour des voyageurs consternés, ridiculement chargés de sacs *free of taxes* qui se groupent autour de son comptoir comme des naufragés en mal de chaloupe. Grève des aiguilleurs du ciel à Paris. Les avions ne partent plus pour la France, le dernier vol a été obligé de se poser à Bruxelles.

Quelqu'un dit que c'est scandaleux et l'hôtesse perd une partie de sa sérénité. Ce n'est pas la faute de la Swissair si les aiguilleurs de Paris sont en grève. D'ailleurs, la Compagnie se charge d'héberger les voyageurs en souffrance, un car va partir pour le Hilton dans un moment, un ticket de repas leur sera remis, la grève risque de durer tout le week-end, le rapatriement s'effectuera vraisemblablement par chemin de fer ou par route...

– C'est obligé d'être à Paris ce soir? demande Hilde.

Il hausse les épaules. Non, il n'est pas obligé, mais...

– Alors venez au chalet.

Il crut avoir mal entendu. Mais non, elle venait de l'inviter. Il ne répondait pas. Il réfléchissait. Il était étonné. Il avait envie d'accepter... Elle était gentille, cette fille. Mais il avait peur de la déranger, d'être indiscret. Ils ne se connaissaient que depuis la veille... Pour gagner du temps, il demanda :

– Il y a le téléphone, là-haut?

– *Ja!* Il y a le téléphone. On appelle votre femme quand vous voulez!

– Je ne gênerai personne?

– Personne! Vous aurez une grande bonne chambre très tranquille...

– Vous croyez vraiment que je peux?

– Je suis sûre!

Il regarda ses compagnons d'infortune que deux hôtesses rassemblaient comme des oies. Une femme en vison bleu hurlait à la mort parce qu'elle n'avait pas eu son bon de soupe, un enfant pleurait, sa mère le gifla...

– Ça s'appelle comment là-haut? demanda Bertrand.

– Melchtal.

– Melchtal...

– Les passagers du vol annulé pour Paris, embarquement immédiat pour le Hilton, annoncèrent les haut-parleurs.

Bertrand se tourna vers Hilde :

– Je viens.

– Bien sûr, fit-elle en saisissant la poignée de sa valise.

2

LA MONTAGNE

De vraies vacances! Il est heureux. La petite voiture file sur la route de montagne comme un chien sur une piste familière. Elle joue à rattraper la lumière encore accrochée aux sommets. Ici la nuit ne tombe pas comme ailleurs mais monte des vallées. L'ombre se referme, magique, sur leur passage. Zurich a disparu, englouti par un océan de brouillard. Englouti le lac, les lacs, tous les lacs effleurés, devinés, et leurs pergolas dénudées par l'hiver, et leurs barques endormies dans les hangars, leurs barques rêvant aux muses en jupons de mousseline qui vinrent il y a cent ans découvrir les horribles beautés de la nature et de la montagne. La nuit gagne peu à peu, va gagner, a gagné.

Dommage, dit Hilde, vous ne saurez rien du chemin. Mais là-haut, demain, vous verrez et c'est tellement plus beau!

Elle conduit plus doucement sur le ruban blanc et sinueux que ses phares tracent dans un chaos d'encre.

– Il faudrait qu'il neige, dit-elle. Ici la neige c'est la vie qui tombe du ciel.

Fantômes massifs des grands sapins, fantômes légers des mélèzes, ponts jetés sur des torrents invisibles, entrées brutales dans un tunnel illuminé comme une gare, creusé à même le roc qui suinte, retour à la nuit, à la nuit qui soudain, sans prévenir, s'éclaircit comme si une main géante avait ouvert la gorge étroite, écarté les flancs de la montagne, apaisé le paysage...

– Nous y sommes, dit Hilde.

Un petit village propre, bien balayé, bien éclairé. Une place, une église avec des peintures polychromes sur ses flancs épais. Des fleurs à l'abri derrière des vitres, des fleurs qui semblent être les seules créatures vivantes... Pas un être humain, pas un chien ne se montre quand ils descendent de la voiture et leurs pas sonnent clair sur le sol dur. Une demie tombe du clocher à bulbe, goutte d'airain glacé que Bertrand reçoit sur les épaules en frissonnant.

– Froid? demande Hilde.

Oui, il a un peu froid avec sa tenue de ville, ses chaussures minces, il vient de si loin, il ne voudrait pas que les fleurs se moquent de lui...

– Venez, dit Hilde, on va se réchauffer.

Il traverse la place sur ses pas et entre derrière elle par la porte de bois qu'elle a poussée dans un mur banal. Et voilà qu'ils sont en pleine vie, en plein cœur du village, dans le bruit, la chaleur, les rires, les odeurs fortes du sel, de la graisse, de la saumure, du vin, de la bière, du cuir neuf et du bois frais.

– *Grüezi miteland!* a crié Hilde à toute la compagnie, et toute la compagnie a répondu : « *Grüezi!* » l'épicière qui appelle son mari, l'enfant qui achète des bonbons, le jeune barbu, botté, chevelu, qui est penché sur la machine à disques, le petit vieux qu'elle embrasse quatre fois et qui mange un *rösti* sur l'unique table de cet antre chaleureux où l'on vend de la ficelle, des allumettes, des bougies, des lampes-tempête, de la farine, du grain, des engrais, des souvenirs de l'Alpe aussi hideux que des souvenirs du Tréport, des cartes postales gondolées, des *marsmallows,* des rouleaux de pellicule, des clous, du shampooing aux œufs, du fil de fer, des brosses, des balais, des fleurs en plastique et du chocolat somptueux.

– *Grüezi,* dit Bertrand.

Alors ils viennent à lui, bavards, accueillants, la main tendue.

– *Franzose,* précise Hilde.

– *Franzose!*

C'est un petit événement, cette arrivée. Le patron alerté a déjà ouvert une bouteille de fendant sur le comptoir de bois et d'étain. On en est tout de suite au troisième verre sous les poutres où pendent des quartiers de viande des Grisons. Ici, celui qui passe est toujours celui qu'on attendait. Le patron cligne de l'œil, prend son élan et dit avec un accent exquis :

– Paris sera toujours Paris!

Tout le monde comprend et tout le monde rit de bon cœur.

– Moi aussi, je parle le français, dit l'enfant aux bonbons. Vous pouvez m'interroger, monsieur.

– Comment t'appelles-tu? demanda Bertand.

– Jakob. Je suis le fils de notre facteur. A la maison je dois parler les trois langues.

– Et c'est vrai qu'il parle bien le français, dit Hilde en caressant les boucles blondes du garçon. Mieux que moi!

– *Oh! Frau Doktor!* riposte l'enfant scandalisé, *Sie reded wie ä leereri!*

L'allemand se déclenche comme une musique, comme la chanson qui démarre soudain sous le doigt du barbu, botté, chevelu et de nouveau Bertrand ne comprend plus rien. Mais cette fois il n'y a pas d'angoisse. Il se laisser bercer. Il regarde. C'est une féerie, un opéra, un ballet. Hilde en est l'étoile. Elle entasse un million de choses merveilleuses dans un grand sac de papier brun. Elle échange un million de mots avec ces gens qui savent tous qui elle est, d'où elle vient, de qui elle descend et qui lui font, à lui, un million de sourires puisqu'elle, l'étoile, leur sœur, leur semblable a dit qu'il était un ami.

– *Miin früünd.*

Ça il a compris. Si souvent il a entendu Géa le dire en le tenant par le bras :

– *Miin früünd.*

Quand il veut payer le fendant, le patron se fâche. Quand il veut payer la note d'épicerie, Hilde se fâche et il n'ose insister. Il arrive à payer le pantalon de paysan en futaine brune qu'il a découvert sur un rayon à côté d'un coucou enjolivé d'edelweiss et de gentianes mais, quand il a voulu acheter les grosses godasses, le patron a secoué la tête et expliqué quelque chose à Hilde. *Nein.*

– Il a raison, il dit que les chaussures de mon père ou de mon grand-père vous iront et que c'est pas la peine de jeter l'argent.

Dans l'épicerie, tout le monde approuvait avec gravité. On ne doit pas jeter l'argent. Bertrand s'inclina, on allait partir, on serrait les mains de tout le monde, le chalet était plus haut, à l'écart du village, on n'était pas encore arrivés, ça grimpait dur, du reste on emmenait Ignaz, le petit vieux au *rösti* et aux quatre baisers. Il habitait encore plus loin. On le laisserait à la croix de St Nikolaus parce que, pour monter chez lui, il n'y a pas de route. *Auf wiedersehen!*

La porte s'ouvrit sur la place givrée mais Bertrand n'avait plus peur du froid ni des géraniums à l'affût derrière leurs vitres. Il portait le gros sac de papier brun et écoutait Hilde lui parler de leur compagnon, vêtu de noir par respect pour l'église comme les paysans des hauts chalets lorsqu'ils descendent au village. Complet noir, chemise blanche, cravate noire, gilet noir tricoté et les grosses godasses, noires aussi. Ses achats étaient dans un grand sac alpin qu'il traîna jusqu'à la voiture.

– C'est mon génie protecteur, dit Hilde pendant que le vieillard montait silencieusement sur le siège arrière. Il veille sur la maison, soigne les fleurs, coupe le bois. Quand je pars, il vient toutes les semaines, un jour, faire du feu, il cire, il fait la ménagerie.

– La ménagerie? demanda Bertrand effaré.

Hilde hésita puis rectifia :

– Le ménage. Il s'occupe du drapeau. Il installe Peter. *Wie gaats im Peter, Ignaz?*

Une haine violente envahit Bertrand à l'adresse de Peter. Qui était Peter? Un enfant? Un amoureux? Un petit frère?

« Il installe Peter. »

Impossible de comprendre un mot de ce que disait le vieux.

Il allait être là, Peter, pendant les trois jours?

– Il faut que vous connaissiez Peter, dit Hilde. C'est sa chatte. Il la loue pour débarrasser les gens de leurs souris. Peter c'est une personnalité fameuse. Golda Meir et Mme Gandhi c'est loin derrière. Peter ne parle à personne. Sauf à Ignaz. Elle ne vous regarde pas. Jamais. Elle fait son travail puis elle rentre chez elle et elle accouche tout le temps. Seulement il est triste parce qu'elle a seize ans et il croit qu'elle perd la vue.

Bertrand se tourna vers le vieux qui écoutait la jeune femme.

– *Prima,* dit le vieux avec un sourire d'enfant et cela pouvait s'appliquer aussi bien à Peter qu'à Hilde.

– *Prima,* répéta Bertrand brusquement ému.

Le vieux descendit à la croix de St Nikolaus, leur serra la main, hissa le sac sur son dos et entreprit d'un pas lent et mesuré de montagnard l'ascension d'un raidillon invisible. Descendu avec lui, Bertrand écouta, huma, respira la nuit. Elle était vivante comme une bête sauvage endormie. Le vieux avait disparu, englouti, avalé par la montagne, Bertrand rentra dans la voiture et claqua la portière.

– Il a quatre-vingt-trois, dit Hilde.

– Et il vit seul?

– Il sera seul le jour où Peter... mais il ne faut pas être triste quand on arrive au chalet! Regardez!

Il n'y avait vraiment rien à voir que la nuit. Une forme vague s'élevait sur une clairière à l'orée d'une masse sombre. Hilde était désolée.

– Racontez-moi, fit-il en fermant les yeux.

Ça la fit rire et sans sortir de la voiture, fermant les yeux elle aussi, elle raconta le chalet.

C'est le grand-père qui l'a fait de ses mains. Tout en bois. Ouvragé, dentelé, brodé comme la tirelire d'une petite fille d'autrefois. Mais solide, bien enraciné sur un grand gazon auprès du drapeau dont ce soir la croix bouge à peine puisqu'il n'y a pas de vent. Derrière la maison il y a la source. Elle coule dans un tronc creusé et vient du cœur de la forêt sous la terre. On ira la saluer.

– Oui, dit Bertrand qui éternue.

Ils ouvrirent les yeux en même temps, gelés. En quelques secondes le froid avait pris possession de la voiture. Vite! les valises, les achats, les portières claquées! La clef est sous la porte, laissée par Ignaz, un seul tour, le chalet est ouvert, Hilde entre, il la suit, elle passe sous un petit bouquet de fleurs séchées qui se balance sur le seuil, elle cherche de la main sur le mur sombre et familier, allume et il se retrouve en plein conte de Grimm.

Par enchantement, la maison se met soudain à vivre, je vous attendais, dit-elle – Bienvenue, chauffez-vous à ma cheminée (le feu ne s'est-il pas allumé tout seul... ou bien est-ce Hilde?). L'horloge respire des secondes, des bougies font danser leurs flammes douces sur les parois de sapin...

– Ça vous plaît?

Debout sur le seuil, il ne peut que hocher la tête. Alors Hilde lui explique tout. Lui présente les objets. Tous ont une histoire... La peau de l'ours tué par le grand-père. Le fauteuil à bascule de tante Lisa (qui n'est jamais descendue en ville!). Le fusil du père, la tête de chamois avec ses yeux qui louchent (j'ai pleuré quand j'ai vu la pauvre bête morte, j'avais huit ans). Les pots de bière, la rampe de bois poli, les vieux coussins de laine multicolore, les edelweiss séchés...

– Je suis ridicule, dit Bertrand consterné, en s'apercevant, sapé comme pour un conseil d'administration, dans une vieille glace mangée de taches rousses.

– Bien sûr, dit-elle en riant, vous êtes un monsieur important! Suivez-moi!

Une guirlande de vaches monte l'escalier. Elles sont propres, aimables et soulèvent une patte de devant d'un geste gracieux qui n'a jamais dû être le geste d'aucune vache. Mais qui est gai.

– Elle sont septante, dit Hilde. Quand j'étais petite, chacune a eu son nom et je saluais tout le monde pour aller au lit plus tard : *Gute Nacht* Lisi, *Gute Nacht* Regula, *Gute Nacht* Bruni...

Elle l'installe dans la chambre bleue. C'était celle de ses parents...

On dirait qu'ils vont revenir, il y a tant de choses qui parlent d'eux ici... Ces êtres qu'il n'a jamais vus, il croit les reconnaître sur les photos jaunies, comme il reconnaîtrait de vieux amis, comme il reconnaît la petite Hilde de quatre ans qui sourit avec deux dents qui manquent, dans un cadre, sur la table de chevet. Il regarde autour de lui tandis qu'elle plonge dans un coffre de bois peint, il regarde le lit des parents, si différent de nos lits de France. Bien dessiné, bien propre, sage. Il remarque la patiente reprise sur l'enveloppe du duvet. Il avait connu une nappe, dans son enfance, qui portait le même signe, œuvre d'une aïeule inconnue. De ces travaux d'aiguille qui doivent ouvrir le ciel... Avec sa barbe et ses cheveux blancs le Dr Mahler semble approuver ses pensées, sa venue. Cher oncle, merci de m'accueillir. Vous voyez, j'ai fini par vous trouver!

Hilde a sorti des bottes, des chaussures; sur le coffre refermé elle entasse de vieux lainages, il trouvera là-dedans de quoi s'équiper.

Il demande ce que veut dire la phrase peinte au-dessus du lit.

– « *Ich geh ins Bett, vielleicht in Tod?* » *Ja :* il se couche, et peut-être c'est pour mourir.

– Quoi? Bertrand en a le souffle coupé. « Je me couche pour mourir? »

– Non, ce n'est pas sûr : « peut-être ».

– Ah bon! Il rit soudain. On doit s'habituer mais, quand même, ça surprend! Vous en avez beaucoup comme ça, dans le chalet?

– Partout! Sur la porte d'entrée : « La clémence de Dieu coule comme le lait et le miel » et puis... « *Liebet Gott ob allen Dingen, so kan es eich nicht mislingen.* »

– Toujours Dieu?

– Dieu est chez lui à la maison, dit Hilde. Bon, je

vous laisse, on mangera près du feu quand vous voudrez.

– Tout de même, dit Bertrand comme elle posait la main sur le bouton de la porte, vous n'avez jamais peur, toute seule, ici?

– Peur? répéta-t-elle avec stupeur. De quoi? De qui? Il faut connaître pour venir. Et si on connaît, je peux pas avoir peur!

– Et si vous étiez malade?

Elle éclate de rire :

– Je suis docteur, monsieur! dit-elle avant d'aller rejoindre la guirlande de vaches.

Il n'y a plus de docteur, il n'y a plus de monsieur important. Il n'y a plus que deux êtres qui parlent et s'écoutent.

Comme tout est simple!

Ils sont si bien devant le feu avec leurs verres pleins de vin, leurs assiettes sur les genoux... il a quitté son déguisement de P.d.g. pour revêtir le pantalon de paysan, les bottes du grand-père, un vieux chandail de Hilde. Tout à l'heure il ira dormir dans le lit des parents sous la poutre qui parle de Dieu, sous la merveilleuse reprise qui est une prière et demain le jour entrera en forme de cœur par les volets de bois.

On est bien...

Les difficiles chemins ordinaires qui font semblant de relier les êtres entre eux pour mieux les perdre et les séparer, les difficiles chemins ordinaires ont été abandonnés. Il n'y a plus que deux êtres simples, heureux, qui font une marche sur ce qu'ils prennent encore pour la route de la sympathie. Ils ne savent pas que c'est beaucoup plus grave. Plus rare.

Ils ne savent pas que le sortilège les a déjà reliés l'un à l'autre par des fils invisibles et que la nuit resserrera ces liens comme si tous les lutins de la montagne, quittant leurs sapins, leurs champignons, leurs repaires, avaient juré d'envahir le chalet pour mélanger leurs deux vies sans recours.

Dans cette nuit si pure, si innocente. Dans cette nuit toute-puissante.

On a parlé de tout, n'est-ce pas? Rien oublié? Les études de médecine, le père perdu trop tôt... Il disait : « Petit docteur Hilde, il faut que tu sois meilleur que moi! » et puis, fini. Trop tôt, beaucoup trop tôt...

Elle a gardé dans les mains les photos de Colette et Sylvie, tellement jolies... Votre femme, dit-elle, un abricot! Il rit, c'est vrai, un abricot... Et les deux *Buebe*... Il rit encore : les deux quoi? les petits garçons, des amours!

Elle met une bûche dans le feu et Bertrand range les visages souriants dans son portefeuille, Bertrand range les preuves de son bonheur. Et il rêve. Il revoit tout. Le long chemin... les épreuves... c'est drôle la vie... quand Colette a dit à son père qu'elle voulait m'épouser, moi, ce jeune ingénieur qu'il estimait, écoutait, citait en exemple, il m'a flanqué à la porte! Il était terrible. « J'ai travaillé toute ma vie pour toi, disait-il à sa fille, même avant ta naissance! Je suis monté à Paris pour toi, avec mon couteau dans la poche, la terre des miens collée à mes souliers! et maintenant que tu peux épouser un duc ou un ministre... »

« Pourquoi pas un évêque? » avait demandé Colette.

Hilde éclate de rire.

C'est vrai que Colette n'a jamais eu peur de son père.

– Alors?

– Alors on est partis tous les deux. C'était merveilleux, on n'avait rien... si! trois sous que m'avait laissés ma mère. Elle était veuve, postière, vous voyez l'héritage... J'ai loué un hangar à quatre-vingt-dix-neuf kilomètres de Paris et c'est là que tout a commencé. Fachoux, deux ouvriers et moi... Fachoux, je l'ai toujours, un type épatant. On a tout traversé ensemble... Je me souviens d'un Noël particulièrement miteux. Colette était enceinte, elle avait mal au cœur, on n'avait pas d'argent pour chauffer le hangar, l'eau pétait dans les canalisations, on invite les Fachoux à manger des nouilles et au beau milieu des nouilles, clac! on nous coupe l'électricité! Colette disait : « Mais de quoi on se plaint? on réveillonne aux chandelles! »

Il s'arrête brusquement :

– Je voudrais penser plus souvent à ce temps-là. Au temps du hangar – qui est démoli, remplacé par notre usine. Vous voyez, en ce temps-là, j'étais vraiment moi-même. Je m'appelais Bertrand Lorin. Il ne m'avait pas encore collé son nom... mais je vous ennuie?

– Je suis passionnante! protesta Hilde avec feu.

Bertrand éclata de rire.

– Passionnante? Mais non! pas « passionnante » – enfin, si, vous l'êtes – mais vous voulez dire « passionnée ».

– J'ai rien compris, dit Hilde, mais d'accord, continuez.

Continuer? Lui dire qu'il a réussi? Qu'il a gagné? Il entend encore la voix du Gaulois : « Nous avons gagné, Bertrand! » Il ne manquait pas de santé, Charles-Auguste. Génial dans son genre. Chapeau!

– Et le père? le père à vous? demanda-t-elle soudain.

– Mon père? Porté disparu. Une nuit de 43, il a quitté la maison, ça devenait mauvais pour lui. J'aurais voulu le suivre. Comme Brave...

– Brave?

– C'était le nom de notre chien. On ne l'a jamais revu. Oui, cette nuit-là j'ai perdu mon enfance. Et pourtant, parce que papa m'a dit qu'il reviendrait, je crois bien que jusqu'à mon dernier jour je m'attendrai à les voir revenir tous les deux.

Elle l'écoutait en silence et tous les objets, dans la pièce, semblaient l'écouter aussi, partager cette peine d'enfant qui ne serait jamais guérie.

– Vous vous souvenez l'autre soir – mon Dieu, c'était hier! pas possible... – quand le gros écrivain m'a demandé pourquoi je n'avais pas la Légion d'honneur? Eh bien, je l'ai eue. A treize ans. On m'a épinglé le ruban de mon père sur la poitrine. « Une belle journée, mon petit gars », m'a dit le général juste avant que je lui dégueule sur les pieds. Depuis, les décorations...

Tous deux regardaient le feu sans le voir.

– De ma vie je n'ai jamais tant parlé, dit Bertrand. Allez, ça suffit, on change de sujet.

Elle lui sourit, approuva d'un battement de cils et tendit une main :

– Je crois que j'ai vraiment besoin de voir encore les petits garçons. Ça c'est beau.

– Oui, c'est beau.

Elle s'attendrit sur les *Buebe*, questionne :

– La dame avec eux?

– La dame? Ah! c'est Mademoiselle.

– « Mademoiselle », vous voulez dire : une demoiselle d'enfants? C'est vraiment extra! Très chic!

– C'est surtout dramatique parce que les enfants sont trop grands maintenant, mais on n'ose pas lui en parler. Pauvre fille! tout ça parce que son père était préfet de Vichy et qu'il a..

– Vichy c'est le foie?

Bertrand éclata de rire.

– Pas ce Vichy-là! Ce que c'est drôle!

– Compris, dit Hilde, la guerre. Je suis trop jeune, trop suisse et trop bête!

On est bien près du feu, mais il faut aller se coucher sinon on va s'endormir. On parlera demain? Bien sûr! parce que je veux tout savoir de Mademoiselle. D'accord, mais si on commence on en a jusqu'au matin. C'est un cas, Mademoiselle. D'abord, elle est vierge. A cinquante-deux ans. Enfin, c'est ce que disent les mauvaises langues. Et puis elle est impossible! et puis... mais non, demain... encore une pomme de pin dans le feu... La raclette était fantastique, c'est parce que je garde de l'écorce de mélèze pour les braises, je vous apprendrai, il est tard, merci! vous voyez que vous avez bien fait de venir! Je vous crois, quand je pense que je pourrais être au Hilton...

Ça les fait rire, le Hilton. Elle se lève et lui aussi qui veut lui arracher des mains le plateau du dîner. Mais il est interdit d'aider! Elle l'envoie au lit, elle a encore à fourgonner en bas, elle adore errer dans sa maison. Qu'il prenne la salle de bains le premier et, demain, qu'il dorme tant qu'il veut... merci... merci... bonne nuit!

Docile, il remonte avec les vaches.

Gute Nacht Lisi, *gute Nacht* Regula, *gute Nacht* Bruni...

★

Qu'est-ce qui l'a réveillé? Le soleil? Le rire de Hilde? Les joyeux aboiements? Ou cette grosse voix qui parlait allemand?

Il a poussé les volets de bois et est resté, ébloui, immobile, devant le paysage enfin découvert. Il avait oublié qu'au matin il y aurait un paysage.

– Bonjour, monsieur! Bonne journée! a dit la grosse voix.

C'était le facteur qui s'en allait, escorté de Jakob et d'une petite fille.

– Bonjour, monsieur! Bonne journée! ont répété les enfants puisque chez eux on doit parler les trois langues. Mais c'est en allemand qu'ils rient. C'est en allemand qu'aboie leur gros chien velu. Et c'est en allemand qu'ils l'appellent.

Bertrand les salue de grands gestes et les regarde s'éloigner. Les enfants gambadent, éclatent de rire, font six fois le chemin. Bas de laine rouge, tablier à fleurs de la petite, immense cache-nez... Comment s'appelaient ces enfants qui traversaient une forêt dans un conte? Hansel et Gretel, je crois?

Le facteur et les enfants ont disparu. Bertrand respire profondément et meurt de faim.

Il retrouve Hilde dans la cuisine illuminée de bon soleil. Elle est déjà toute prête et propre et nette et belle et luisante comme une table bien cirée. Hilde qui pourrait s'appeler Hetel, Susi, Elsi... Hilde qui règne sur les plus grandes, les plus immenses tasses rouges qu'il ait jamais vues et sur une cafetière qui m'a tout l'air d'être une fée... et sur une corbeille de petits pains suisses, joufflus, dodus, fendus.

– C'est le facteur, explique-t-elle. Il m'a dit : « Tu as pas de courrier, mais c'est pas une raison pour que je t'apporte pas des petits pains chauds. » Jakob avait parlé de vous. Pourquoi vous riez?

– Parce que je me plais en Suisse!

– Alors il faudra revenir. J'ai pensé cette nuit : il faut revenir avec Colette, avec... « Petite Planète », c'est juste, hein? et avec les garçons. Oui?

– Oui!

– Je peux loger tout le monde mais peut-être que les garçons aimeront dormir dans la petite maison derrière la source? Et puis, s'ils ont un peu peur, je prends le sac de couchage, et je vais dormir avec? *Ja?*

– *Ja*, dit Bertrand qui éprouve brusquement le désir de dormir dans une petite maison, derrière une source, avec des museaux d'enfants qui sortent de la paille comme des museaux de ratons, avec des fous rires et des chut! et des frayeurs soudaines et un gros sommeil qui s'abat soudain comme un filet et soulève les petites poitrines.

– D'accord?

– Promis!

– On fera une grande fête! avec des cadeaux. J'adore les fêtes!

Fête de la montagne. Marche sur le tapis somptueux de feuilles, de mousses et d'aiguilles. Bruit du vent dans les mélèzes. Pèlerinage à la source et aux souvenirs d'enfance. Mon cousin me battait et puis un jour il a voulu m'embrasser... Et vous vous êtes laissé faire? Non, parce que j'étais amoureuse du fils du boucher. Il ne faut pas rire, je vous le montrerai, il est devenu un bœuf! Chut! deux biches sous les arbres. Envol de deux biches qui sautent en remontant la pente comme si la pente n'existait pas. Même après leur disparition, on n'ose pas parler de peur d'offenser les merveilleuses créatures. Tant de dignité. Elles ne sont pas sauvages, elles sont inaccessibles.

Grand corps scié en deux, écorché, saignant encore de sa sève, un mélèze abattu barre le chemin. Ils le contournent, penchés vers l'odeur balsamique, résineuse, amère et poisseuse. C'est l'odeur du bois frais, l'odeur de la terre, l'odeur du froid, l'odeur magique de la forêt qui guérit.

On déjeune à l'auberge. Comme des ogres. Sur la terrasse au-dessus de la cascade. C'est une folie, le soleil s'est caché, mais c'est peut-être la dernière fois de l'année qu'on peut manger dehors, dit Hilde à l'aubergiste inquiet qui vient poser des couvertures sur leurs genoux.

Une musique jaillit soudain, une bannière apparaît, des hommes, des femmes, des enfants défilent en ordre, sérieux, chacun portant sa flûte, son violon, son tambour, sa cithare, son cornet à pistons, sa trompette...

– Cest la *Dorfmusik*, explique Hilde. J'ai joué dedans quand j'avais treize ans. On a essayé tous les instruments et c'était toujours tellement mal qu'on a dit merci.

Le temps se gâte. Il faut partir.

Course à travers les bois et les prairies pour regagner le chalet. Un silence feutré pèse sur le paysage. Il y a quelque chose d'immobile dans le ciel. On rentre juste avant la nuit.

– Il va neiger, dit Hilde.

Le thé. Les grandes tasses rouges. Le feu ranimé. Les joues rouges comme les tasses. Un silence si profond. Un accord si profond avec la nature.

Elle le regarde qui regarde le feu et la regarde.

– C'était une bonne journée, dit-elle.

Une bonne journée? Oh! mieux que ça.

Il est grave. Trop de choses secrètes ont été remuées par cet air vif, cette situation étrange, cette pureté minérale.

– Oh! elle regarde par la fenêtre. Il neige!

Et elle court vers la fenêtre, sa tasse à la main, sa grande tasse rouge, elle court vers la fenêtre comme une enfant court vers Noël. Il la suit plus posément, les mains vides.

Oui. Il neige déjà dru et depuis un moment.

Silence. Ils regardent. Comme c'est beau cette montagne à travers ce voile blanc qui va se poser sur les moindres replis du paysage! Comme c'est beau cette poussière d'étoiles mortes qui tombe en bataillons serrés, qui n'épargnera rien...

Il la regarde et elle sent son regard. Il tire le rideau. Le drame commence.

Ils sont là, seuls au monde, debout l'un devant l'autre. Il la touche d'abord par les yeux. Avec une avidité, une volonté intolérable et, sans quitter son regard, elle pose sa tasse, se débarrasse de sa grande tasse rouge et reste, maladroite, grande, gauche et les bras ballants devant cet homme qui la passe à l'épreuve de son regard. Mais il respire aussi. On entend la pulsation de son sang. De grands battements oppressés. Il se passe quelque chose d'important, de capital, n'est-ce pas? Les corps s'approchent lentement. Comme des serpents. Mais chauds. Souples. Cœur battant. Les lèvres ne s'uniront que plus tard. Tout est irrévocable avant d'avoir commencé. A la fois terrifiés et avides, ils sont en train de comprendre que l'impulsion ira jusqu'au bout. Rien ne l'arrêtera. Et quand, à bout de forces, les lèvres se joignent, ce n'est pas brutal. Rien ne se refuse en elle. Tout va au-devant. Envie de pleurer, de dire des prières, de se mettre à genoux. Il la veut. Mais pour elle. Pour les sapins, les mélèzes, le vent, le petit déjeuner, pour sa beauté. Et parce que le moment est unique et qu'il ne l'a pas cherché. Ni elle. Que c'est la vie et qu'il a besoin de faire couler la vie en elle et que ça va être bon et qu'il veut que cette créature nette et qui l'a blessé dans son état d'homme soit sous lui, sur lui, autour de lui, en train de crier, de baver, de lécher, de hurler, de pleurer. De vivre.

Autant les yeux et les lèvres ont été beaux et lyriques, autant, tout d'un coup, c'est l'espèce qui s'accouple. Ils ont glissé par terre car elle a chancelé dans ses bras et il l'a déposée presque brutalement sur le tapis au pied du divan plein de coussins de laine multicolores, à la place même où ça les a pris. Elle est rouge, affolée, lui se frotte brutalement contre elle, muette, immobile, qui ne quitte pas ses yeux, n'a pas un geste mais sait et attend. Il cherche, furieux et pressé, le bouton du jean, la fermeture... Et puis elle n'a pas le temps de penser qu'il est sur elle, qu'il entre en elle pour l'éternité. Il ne dit rien. Il a l'air méchant, il est dressé sur ses avant-bras. Il la regarde.

Et puis c'est la tempête où elle chavire très vite, ahurie, emportée au-delà du consentement et de la conscience et, très vite, il la sent venir, se rassembler et éclater autour de lui avec un cri tellement sincère qu'il devient très gentil, très doux, très heureux et il lui sourit tendrement, très au-dessus d'elle qui est encore loin, en train de sentir ses dernières pulsations et d'en profiter et qui lève soudain les yeux vers lui, voit son sourire, sourit aussi, heureuse, détendue.

Il est toujours en elle, immobile. Il faut se séparer. Non, on ne peut pas! mais elle veut mettre le verrou à la porte et enlever tout ça, oui, je t'assure! Il la laisse et, sans le regarder, elle remonte son jean, se lève, va à la porte, l'ouvre, s'offre à la neige, au froid, à la nuit, respire. Puis elle ferme soigneusement la porte, met le verrou. Quand elle se retourne, il est toujours à la même place sur le tapis, accoté aux coussins de laine multicolores. Il n'a pas bougé. Il la regarde. Et elle le regarde aussi et elle commence, debout, lentement, de loin, sans quitter des yeux cet homme, à se déshabiller précisément, rituellement. Les bottes, le jean, le chandail. Lui ne bouge pas. Il sait qu'elle veut à son tour le fêter. Il la regarde marcher vers lui, toute nue, très belle, sérieuse. Il la regarde s'agenouiller près de lui, gracieuse, se pencher au-dessus de lui, le regarder. Là. Il sent son propre cœur cogner, puis elle lui jette un seul regard grave dans les yeux. Il attend, sûr d'être heureux. Et elle se penche et doucement lui dit merci, lui fait merci pour ce qui a été tout à l'heure, pour tout. Il est bien, il est bien. Il pose la main dans les cheveux blonds, sur cette tête charmante dans laquelle il navigue, bateau ivre et fou. Elle s'applique religieusement. Elle déboutonne et elle déshabille sans quitter ce qu'elle aime déjà. Puis il faut se séparer pour les derniers vêtements mais pour mieux se retrouver, souriants, devant le feu, sur la peau de l'ours tué par le grand-père, à la lueur des flammes. Il la regarde, elle le regarde. Il n'est pas pressé, elle est bien, mais elle ne peut plus attendre, il le voit et c'est la ruée. Cette fois rien ne les gêne, la fête est complète. Il est merveilleux, infatigable, merveilleux, merveilleux! A travers le moment de cette action divine il devine, savoure, se réjouit de la vision de cette grande fille devenue folle. Où sont les questions précises, les lunettes, le chignon net, la blouse blanche de Frau Doktor? Un corps échevelé, délicieux à toucher, tiède, froid, frissonnant, des yeux de droguée, une voix, hier inconnue, qui crie son nom, qui crie en allemand. Il la frappe. Elle ouvre les yeux, oui! encore! Et de nouveau, mais plus fort encore, il sent bouger en elle la forme même de son corps, il lit sur son visage qu'elle sait ce qui va se passer, un moment de silence épouvantable avant que des hurlements de bête, des hurlements qui ne sont plus ni français, ni allemands, ne jaillissent d'abord en elle, puis de lui, rencontre parfaite.

Sommeil emboîté, immobiles devant le feu, frissons, épuisement, bonheur. Faim!

Dans la cuisine, ils dévorent. Ils sont nus sous leurs robes de chambre, s'embrassent, se touchent. Un sein caressé quand elle ouvre le réfrigérateur et qu'il passe par-derrière. Ils sont très gais, très heureux, crevés, les yeux au menton, mignons. Il glisse une main sous le peignoir de Hilde, apprécie et dit :

– Charmante!

– Je comprends maintenant pourquoi tu es un monsieur important!

Rires. Elle s'assied sur ses genoux, le regarde avec passion. Et lui la regarde. Amusé. Elle détourne la tête.

– A quoi penses-tu?

– Tu veux le savoir?

– Oui, dit-il aussi grave qu'elle.

– A ça. C'est si beau.

Il la serre très fort contre lui, embrasse l'oreille, lui embrasse les cheveux :

– Tu m'as fait si peur la première fois que je t'ai vue!

– Et moi, tu crois que j'avais pas peur?

– Toi? Tu te payais ma tête! Tu as même failli éclater de rire! Je t'ai vue!

– Ça c'est vrai, quand tu as voulu poser le manteau par terre!

– Tu vois, vilaine, tu avoues!

– Ça m'a tellement plu! Tu avais l'air si odieux, si riche, si français!

– Eh ben, merci!

– Mais c'est gentil, tu sais!

– Ben voyons!

– J'ai pensé, qu'est-ce qu'il est chic, le monsieur! Il est trop chic, on va pas être amis. Et puis tu deviens tout gauche et tu vas poser le cachemire par terre!

– Ah! parce que tu as vu que c'était du cachemire?

– Oui.

– Et tu ris encore?

– Parce que je suis bien!

Le rire s'apaise peu à peu, ils ne bougent pas. Puis elle se lève et lui prend la main :

– Tu vas dormir avec moi!

Alors il pense à Colette. Parce qu'il n'a jamais

dormi avec quelqu'un d'autre. Dormir. Dormir avec une femme. C'est un tel partage, une telle communion. Dormir avec une femme c'est accepter d'avoir fait l'amour, c'est continuer l'amour. Hilde ne sent pas, ne peut pas sentir cette gêne imperceptible de Bertrand qui reste hésitant, troublé sur le seuil de la cuisine. Colette...

Colette qui a continué à vivre, elle aussi, dans un pays où la neige n'est pas tombée. Colette qui a repeint en jaune terrible la chambre de sa fille à Bréchamp avec Sylvie et Olivier. Colette active et joyeuse, déguisée en peintre avec une blouse trop grande, un vieux chapeau, chantant : « Tu seras toujours mon amant! » que les jeunes gens reprennent en chœur avec elle. Colette terrifiante de vitalité, plus jeune que les jeunes. Colette fatigante et sympathique, Colette sans soupçons, brossant les murs, déposant une touche de jaune terrible sur le nez de sa fille furieuse, éclatant de rire, chantant, disparaissant et revenant avec une bouteille de champagne pour se faire pardonner : « Allez les ouvriers, on trinque! » et Sylvie avec son joli nez de clown : « Ça partira jamais! t'es vraiment pénible maman! » et Olivier, beau et timide, heureux et surpris devant cette intimité de ces deux femmes, ne sachant pas encore à quel point il est impliqué mais déjà pénétré, investi, possédé par ces personnalités, cette façon d'être, cette vigueur qu'elles ont et qui passera un jour, déjà écrit, déjà fixé, dans le sang de petites créatures qui naîtront de lui. Et tout cela pendant le temps qu'au chalet d'autres choses se passent, choses également écrites et fixées de toute éternité.

– Tu vas dormir avec moi, a dit Hilde.

Il l'a suivie. Il est entré pour la première fois dans sa chambre. La chambre de Hilde. Elle demande s'il préfère un côté et il assure que non. Ce n'est pas vrai, il a toujours dormi sur le côté gauche. Mais il ne peut pas le lui dire. Quelque chose le retient. Alors il a soudain terriblement sommeil. C'est la meilleure solution. S'enfoncer dans le sommeil. Dans le noir, immobile, avant de sombrer, il entend la voix de sa fille qui murmure à son oreille : « T'es fatigué, mon chéri... tu sais, je peux t'accompagner à Orly demain matin... » Il ferme les yeux et ils s'endorment en se tenant par la main, sans autre combat.

★

Un petit enfant emmitouflé tape à la porte du chalet.

– *Frau Doktor! Frau Doktor!*

Elle se réveille.

– *Frau Doktor!*

Elle sent contre elle la chaleur du compagnon qui dort, elle dépose un baiser léger sur l'épaule qui se soulève doucement dans le sommeil. Elle sourit au plafond. C'est donc vrai? Il est là!

– *Frau Doktor! Machen Sie uuf!* C'est votre petit Jakob!

Surtout ne pas le réveiller! le laisser dormir! Elle bondit du lit, attrape son peignoir et descend, pieds nus, ouvrir la porte à l'enfant.

Jakob est enfoui sous des lainages prudents. Un petit nez rouge, une petite bouche qui fume comme une cheminée, deux petits yeux brillants.

– Le Français dort toujours?

– Je crois.

Jakob est fier d'être venu. Sa sœur a eu peur de la neige. Il apporte des petits pains chauds, du lait. Hilde lui donne une déraisonnable somme d'argent.

– Vous vous trompez, *Frau Doktor!*

– Non, je suis contente parce que tu es courageux.

Jakob court jusqu'au bout de la clairière et part en glissades triomphales vers la route et vers le village.

Hilde s'avance dans la blancheur qui brûle ses pieds nus. Elle respire longuement l'odeur unique de la neige neuve. Il n'y a plus d'autre odeur, la pureté des flocons domine sous le ciel d'un bleu parfait et elle renoue, pieds torturés, cœur comblé, avec tous les premiers matins de toutes les neiges des ans passés. Mais ce réveil est plus beau que tous les souvenirs...

Quand elle remonte, Bertrand est réveillé, seul dans ce lit où il ne s'est rien passé mais où quelque chose d'unique a été scellé par la nuit. Quand la porte s'ouvre devant Hilde, les cheveux dénoués, les jambes et les pieds nus – maintenant brûlants – le peignoir blanc noué à la taille, il lui tend les bras.

Et, dès le premier contact, elle retrouve cet accord, cette harmonie. Ce pays jamais imaginé.

De nouveau elle gémit en allemand, il la secoue, furieux : je te ferai crier en français!

– Oh! *ja!* dit-elle.

Il éclate de rire. Elle ne rit pas, inconsciente de la drôlerie de la situation. Trop loin déjà. Il arrête et la regarde. Pour la première fois à la lumière du jour. Elle, aussitôt inquiète, interroge des yeux, le cœur battant. Elle est déjà tout entière à sa merci, d'une pression du pouce il peut arrêter les battements de son cœur. Mais il veut seulement faire connaissance. La découvrir comme un paysage dans lequel on s'est installé de nuit et qu'on embrasse au réveil. Que c'est beau! Attendrissement devant ce corps parfait qui s'embellit de ses imperfections comme chaque corps parfait de jeune femme. Au-dessus d'elle il plane comme un oiseau et elle attend. Qu'il ait survolé les épaules tremblantes, les seins délicieux, la taille longue où brille déjà une ceinture de sueur, et ce qu'il cache par son propre corps qui prend racine et s'élance, rajeuni, rassuré, rendu plus cruel par la découverte d'un tel pouvoir. Une si totale soumission... Il se laisse tomber sur un côté sans cesser de la regarder et la pulsation unique de leur sang emplit la chambre bien cirée, se cogne aux armoires de bois peint, aux fleurs immobiles des coffres, à la fenêtre par laquelle entre la montagne et le ciel. Tout est première fois et tout est découverte.

Une cloche sonne dans la vallée. C'est dimanche matin. Il tourne la tête et elle explique : l'église.

Cela suffit pour le ramener à elle, ce simple son de sa voix. Le ramener à elle et à tout ce qu'il a à faire sur elle. Disposer ses jambes à son idée, comme d'une grande poupée dont on joue. Elle flotte maintenant à demi sur lui, légère, ne posant pas la moindre question à l'avenir, toujours reliée à lui comme l'enfant à sa mère, se refroidissant par plaques et brûlant sur les joues et le cou. Et la réponse à la question non posée vient sous la forme de cette main qui se pose sur ce corps à plat, ouvert comme un livre à la plus belle page. Je t'ai partout, en moi et sur moi, tu es surface et profondeur, tu m'encercles et me possèdes, tu me déchiffres et tu me chantes et c'est de moi que sortent les musiques que tu inventes. Que rien ne cesse de ce combat, ni la racine ni la fleur! N'écoute ni mes cris ni mes prières et cependant que rien ne t'échappe puisque tout t'appartient. Le soleil est haut, les gens sont agenouillés sur les bancs de bois devant des saints barbares qui ont des mains de paysans, les chamois foulent la première neige de l'année, de la vie, cherchent l'herbe disparue et lèvent vers le ciel un museau coiffé de blanc et, très loin, très loin il y a des villes et ce n'est pas croyable! Connaissance, amitié, rage, tout s'entasse dans la petite chambre et il voudrait compter ses doigts de pieds comme une mère à son nouveau-né et mesurer la longueur de ses jambes et connaître l'odeur de sa chair sauvage.

Ah! pourquoi m'as-tu quittée?

Mais oui, bien sûr!

Une source dans la montagne... je suis une source et tu viens y boire... non! je ne suis ni source, ni montagne, ni nuage, ni rien d'autre qu'une femme. Une femme. Ce que tu fais là... je veux essayer de le vivre en français. Balbutier dans ta langue à toi, je n'ai rien su, ni dit avant!

Seigneur! La clémence de Dieu...

La lente remontée de la bouche qui laisse une trace brillante le long du corps engourdi. Accouchée? Morte? Convalescente? C'est dimanche et il fait beau. Ah! ce n'était donc pas fini! Tout est dépassé, tout est possible, tout est lâché, s'il se passait quelque chose d'irrémédiable, comme ce serait bien! Foule-moi aux pieds, arrache mes derniers voiles, frappe-moi mais ne me quitte pas, je t'aime!

Elle se réveille la première. Il pèse sur elle, immobile et lourd comme s'il était mort soudain. C'est à lui ce visage gris et maigre? Triste. Irrémédiablement. Pourquoi? Il lui fait très mal à la jambe droite. Elle n'ose pas se dégager. Pourquoi est-il si triste dans ce sommeil? Comme s'il avait entendu sa pensée, il a une ombre de sourire qui passe sur son visage aux yeux fermés et il lui serre doucement la main. Tout devient rassurant alors et elle sent à quel point elle a faim et comme le petit déjeuner est une chose urgente. Elle le lui annonce à l'oreille dans une longue, belle phrase en allemand où il est question de confitures d'airelles, de petits pains croustillants, de beurre, de lait, de sucre, de sel, de fromage et de jambon. *Ja! ja! ja!* dit-il avec empressement car, s'il ne comprend pas les mots, il comprend l'intention. L'intention de passer une journée merveilleuse.

Journée merveilleuse avec son décor de neige fraîche, de sentiers au bord de ruisseaux murmurant sous une croûte glacée, avec son ciel d'un bleu théologique dans lequel s'inscrivent de grands rapaces aux ailes ouvertes comme les bras d'un rédempteur, avec sa marre scellée d'une pellicule transparente sous laquelle dorment les grenouilles qui se sont tues, attendant la venue du printemps pour s'enlacer, les chères petites, à la face du soleil.

Journée merveilleuse où tout est propre comme le devant des portes où chacun a raclé et brossé la neige avec des pelles de bois, d'écorce et des balais de brindilles.

Journée merveilleuse avec la halte au café du village. C'est dimanche et les paysans en vêtements rouge et noir, brodés d'or et de fleurs, viennent boire et fumer auprès de la bannière de la *Dorfmusik* déployée sur le mur. A travers la fumée épaisse des pipes et la mousse de bière qui saturent l'air, Frau Doktor et son compagnon écoutent les landlers, reprennent les refrains. On est entre amis. Depuis toujours. Visions brèves comme celles que garde la mémoire des années après. Un visage attentif qui soudain s'éclaire d'un rire, une glissade sur une plaque de glace inattendue, une main qui se pose sur une épaule frissonnante et l'on ne sait plus si c'était le froid ou le cœur qui faisait frissonner, un regard échangé devant un paysage qui va sombrer dans la nuit...

Et le soir les retrouve devant le feu.

Tout doucement Mozart est là. *Concerto 27* un peu rayé...

– Excuse le disque, dit Hilde.

– Tu parles, c'est encore plus beau rayé... Ça me dit toutes les rencontres que tu as eues avec lui, je suis jaloux.

Ils se taisent pour écouter la petite phrase usée.

– Oh! tu te souviens d'Alistair?

– Alistair?

– Oui, le vieux bébé qui n'était pas physicien puisqu'il était Alistair. C'est lui qui avait mis la Mort d'Isolde chez Annelise. Tu l'as?

A plat ventre sur la peau de l'ours elle fouille dans un petit coffre rempli de disques. Puis elle se souvient, elle a descendu tous les Wagner à Zurich. Pour respirer, dit-elle.

Respirer? Oui, il est vaste, il est grand, il est terrible. Mais aussi il est tendre.

– Bien sûr, dit Bertrand, en France on le prend pour Hitler, ça te donne une idée de notre génie musical. Bien sûr qu'il est tendre...

– Je suis désolée...

– Dis donc, on va pas faire la gueule à Mozart! Déjà qu'il est tout rayé, le pauvre! Alors, tu m'apprends?

– Quoi?

– A faire la raclette. Tu m'as promis le premier soir.

Elève appliqué, il écoute la leçon devant le brasier d'écorces de mélèze. Il faut qu'il y ait beaucoup de braises et pas de fumée, par exemple, là, c'est encore trop tôt pour mettre le fromage...

– On a tout le temps! dit-il, heureux.

Elle ne dit rien mais il rencontre son regard

au-dessus du feu. Elle baisse les yeux et il lui prend le poignet :

– Pardonne-moi!

– Ce n'est rien, dit-elle doucement en essayant très doucement aussi de dégager sa main.

Mais il veut lui parler :

– Hilde... ça fait drôle de te dire Hilde... j'ai appris ton nom jeudi soir... on est dimanche et tout a changé à la surface du monde! comme si j'étais sorti d'une dimension pour entrer dans une autre. Hilde... j'ai peur du retour vers le monde réel, vers ce qu'on appelle le monde réel, tu comprends?

Elle secoue la tête affirmativement, à genoux devant le feu, l'alimentant mécaniquement sans perdre pour autant un mot de ce qu'il dit.

– Qu'est-ce qui arrive? demande-t-il avec une profonde angoisse. Je ne te dirai pas qu'il ne s'est jamais rien passé dans ma vie. Une fois, à Rome, avec une Italienne... il y a deux ans, à Stockholm...

– Avec une Suédoise?

Il rit. Sans excès. Mais, paradoxalement, cette petite intervention l'aide :

– Moque-toi de moi! Tu as raison... Elle était belge, à Stockholm, oui, marre-toi! Mais, si je te parle de ces rencontres, c'est parce qu'elles n'avaient aucune importance, aucun lendemain...

Bruit rassurant de l'horloge, petites explosions du feu, craquements des cloisons de bois. Mozart s'est tu, discrètement. Parti sur la pointe des pieds, Mozart.

– J'aime Colette... et mes enfants je les aime d'amour aussi. Il faut que tu le saches.

– Je le sais.

Et soudain avec une immense émotion, il fait la seule déclaration qu'il ose encore :

– Seulement... je veux revenir au chalet...

Elle ne dit rien mais elle tourne la tête vers lui et ses yeux sont brillants de larmes. Elle hoche la tête. C'est tellement important ce premier moment de lucidité où il lui annonce sérieusement qu'il accepte les problèmes que vont poser les lendemains. Et, comme ils sont bouleversés et qu'ils ne savent comment enchaîner, il jette du bois dans le feu, la regarde et lui dit gaiement :

– C'est pour ça que je dis qu'on a tout le temps!

Le téléphone sonne à cet instant précis et elle se lève gracieusement, légèrement pour aller répondre, bien décidée à ne pas s'éterniser dans une conversation et le couvant de l'œil, affairé, touchant, appliqué avec ses braises à point, son fromage, ses cornichons, ses oignons, ses pommes de terre et son lard.

C'est Jérôme qui téléphone. Il s'emmerde. Tu sais ce que c'est qu'un dimanche de garde, mais alors celui-ci a été particulièrement sinistre, tu n'imagines pas! Mais si, dit-elle en riant, très bien, elle le plaint de tout son cœur mais elle a quelque chose sur le feu et s'il n'a rien de plus important à lui signaler... Non, rien d'important... Ah! si, tout de même, à force de s'emmerder il est allé jeter un coup d'œil au laboratoire sur les analyses du Français.

– Tu sais, le type à qui tu as fait un check-up.

– Oui, dit-elle, soudain attentive, et elle tourne le dos à Bertrand comme si elle voulait lui masquer quelque chose.

Ça se présente mal. La radio fait voir une tumeur bronchique, confirmée en hématologie par une vitesse de sédimentation très accélérée. Petit trouble à l'électrocardiogramme. Le type est foutu.

– Tu vois, quand je te disais que c'était un mauvais âge!... Eh? Hilde? tu m'entends? tu es toujours là?...

Oui, bien sûr, elle écoute, il a bien fait de téléphoner. Si elle va bien? Très bien! pourquoi? Sa voix est bizarre?... Oh! c'est ce téléphone sans doute, tu sais qu'il est tombé de la neige? De la neige, veinarde! Bien reposée? Oh! oui! merveilleux! Et toi, ça va à la maison? Le cirque? Ah! oui, le cirque, c'est vrai... tu les embrasses tous! Et merci d'avoir appelé! Je te verrai demain...

Non, demain il ne sera pas là, il part pour Lausanne voir sa mère... Pour Lausanne? Oui... alors il peut lui rendre un service : déposer tout ça chez Ménard, ça vaut le coup d'avoir son avis... de bonne heure, d'accord, et merci!

Elle raccroche, muette, pas encore foudroyée car elle lutte de toutes ses forces, de toute son intelligence pour annuler la nouvelle.

– Tu vas te régaler!

Bertrand, qui n'attendait que ce moment, a rempli leurs deux assiettes.

Mais fébrile, décidée, ne lui prêtant aucune attention, elle compose rapidement un autre numéro. L'obtient. Et Bertrand, étonné mais loin d'imaginer ce qui se passe, reste décontenancé, sa raclette à la main puis, en désespoir de cause, se met à la manger.

– Professeur Ménard? Respects, professeur, c'est Hilde.

A l'autre bout de la Suisse, au delà des montagnes et de la nuit, au-delà de l'angoisse, la voix calme et rassurante du professeur. Elle peut venir demain?

– Tu as un problème, petite?

Oui. Jérôme lui dira, il passera tôt dans la matinée. Il déposera quelque chose. C'est important. Très important.

Elle raccroche lentement. Le professeur l'attend à 11 heures.

– Elle est formidable, dit Bertrand. Tiens goûte!

Il la regarde manger, absente et lui demande :

– Rien de grave tes coups de téléphone?

– Non! dit-elle vivement. La seule chose...

– La seule chose?

– C'est que je suis obligée d'aller à Lausanne demain matin... il faudra partir très tôt. Ça t'ennuie de m'accompagner?

– Pas du tout! Tu la trouves comment?

– Qui?

– Ma raclette?

– Ah! Formidable!

– Je te l'avais dit! triomphe-t-il, et comme elle lui sourit il ânonne comme un petit enfant :

– *Ich bin glücklich,* mademoiselle : je suis heureux.

Il dort mais elle ne dort pas. Comment pourrait-elle dormir maintenant qu'elle sait? Tumeur bronchique... Et s'ils s'étaient trompés? Ça arrive qu'on se trompe! Oui mais il y a l'électrocardiogramme... on ne peut pas se tromper à tous les niveaux... Et le sang! le sang qu'on lui a pris avec une longue aiguille. Le sang d'un inconnu... et maintenant le sang lui aussi donne une réponse. Mais il n'y a plus d'inconnu. Il y a lui. Il y a lui qui dort, tiède et confiant contre elle qui sait. Il a dit : « Nous avons le temps. » Le temps? Combien de temps? Dans les laboratoires de la clinique l'implacable travail d'espionnage se poursuit à travers ces indices minuscules qui sont les témoins d'une vie. Ne pas crier, ne pas pleurer, dormir. Il faut dormir parce que demain c'est la guerre... Je veux dormir... Elle sombre peu à peu dans quelque chose de laiteux que déchire la sonnerie du réveil.

★

– Tu conduis bien, dit-il à la sortie d'un virage. Un peu sec, mais bien.

Hilde sourit.

– Les hommes, vous croyez tous que vous êtes seuls à savoir conduire!

– Il y a beaucoup d'hommes qui t'ont donné des leçons de conduite?

Elle ralentit, le regarde :

– Qu'est-ce que tu veux savoir, Bertrand?

– Rien! je te demande pardon, je suis idiot. Pardon, Hilde!

Mon Dieu, s'il savait à quel point elle se fout de tous les hommes, de ceux qui ont compté comme les autres! S'il savait quel héroïsme il lui faut pour plaisanter, pour être naturelle et même pour avoir l'air fâché!

– Je commence, je récite la liste des amants...

– Je t'en prie!

– Tu vas être déçu. Parce qu'il y a eu surtout un homme. C'était très bien... très sympathique. On avait même choisi le restaurant pour la noce, et puis...

– Et puis?

– Et puis une fille est venue et il a dit : « *Me dispiache,* Hilde – il était du Tessin – je te fais de la peine mais c'est celle-là que je veux. »

– Quel con! dit Bertrand, révolté.

– Pas bon pour la *promozione,* mon histoire. Mais vraie.

– Et la fille?

– Le désastre! Même pas possible de la trouver moche.

– Tu es merveilleuse!

– La merveilleuse vieille fille de la Suisse primitive. Et ne me demande pas si j'ai couché avec Mathias ou je te lance dans le précipice!

– Pauvre Mathias, dit Bertrand ravi. Au fait, qu'est-ce que tu vas faire à Lausanne, ce matin?

– Je dois avoir une conférence avec un vieil ami de mon père. Business.

– Tu n'en auras pas pour longtemps?

– Je ne pense pas.

– Tant mieux, parce que je t'emmène déjeuner dans le restaurant le plus cher qu'on pourra trouver! La fête, hein!

– La fête.

Il n'y a pas de plaque sur la maison du Pr Ménard. Rien qui indique son nom, sa profession et – comme on dit – sa spécialité. On pourrait croire qu'il n'exerce plus. On pourrait croire qu'il finit tout doucement sa vie en taillant les rosiers du minuscule jardin qui mène de la grille au perron, en relisant les titres qui tapissent les murs de son bureau. Dans cette pièce douillette, tout respire la civilisation avec les livres, les revues entassées, les gravures alternant avec les statuettes de bronze et de terre cuite sur les étagères, le petit bouquet solitaire posé comme une offrande devant la photo d'un très ancien mariage. Mais la porte du bureau de l'humaniste est ouverte sur une pièce blanche où une table d'examen et des fantômes de verre et d'acier parlent de douleurs précises et vivantes.

Le Pr Ménard est de la race de ces merveilleux vieillards que Bertrand recherchait dans son angoisse. De ces oncles qui détiennent la vérité. De ces derniers témoins d'un autre monde. Pour des générations de médecins, il a été, il est encore la lumière et l'espoir. Quand il mourra il emportera son époque avec lui.

Sur la table massive au bois ancien poli par la

cire et le travail de tous les jours, de toute la vie, il y a les résultats de Bertrand.

– C'est évident, dit Ménard avec tristesse, feuilletant une fois de plus le dossier. Et c'est arrivé à un tel point qu'il n'y a malheureusement plus rien à faire...

– Non!

Hilde a crié, elle s'est dressée devant lui, violente :

– Ne dites pas ça! Il y a toujours quelque chose à faire! Il y a toujours quelque chose à espérer!

Il la regarde, étonné, il ne l'a jamais vue aussi agressive, il se demande pourquoi elle refuse de voir la réalité...

Nette, précise, savante, déchirée, elle lutte devant lui comme si elle passait un examen, comme si elle portait la blouse blanche, comme si elle défendait une cause perdue d'avance. Elle s'arrête, soudain à bout de souffle... Ménard reprend le dossier. Au delà de la maladie il essaye d'imaginer le malade. Il voudrait dire : « Raconte-moi », mais il n'ose pas. Il lit des mots. Bertrand Lorin-Vallée, industriel, Paris, nationalité française, 46 ans... Il demande :

– C'est un client que tu suis depuis longtemps?

– Non, dit-elle sans voix.

Un long silence. Oui. L'accident de cœur. Il avait bien compris. Pauvre petite Hilde qu'il a connue à l'âge de l'insouciance, à peine haute comme le bureau, venant chercher des bonbons et disant *Danke schön* avec de gros baisers au jeune docteur qu'il était alors... Et maintenant il a devant lui une femme qui souffre.

– Qu'est-ce que je dois faire?

Le son de sa voix bouleverse le vieil homme. Il lève les yeux vers elle.

– Je ne t'ai jamais menti et, même si je te mentais, au fond de toi tu saurais. Tu veux opérer? Tu as vu la place de la tumeur? Bon. Tu vois bien que c'est impossible. Tu veux traiter? Tu as vu le résultat de la fibroscopie? Bien sûr, on peut s'agiter. Le désespérer. Le torturer... pour rien. Est-ce qu'on a le droit quand on sait où on va? Je te choque, ma chère petite?

Elle fait non de la tête, serrant les dents, tendant la main vers les résultats. Bien sûr qu'il a raison. En arrivant, tout à l'heure, en lisant par-dessus son épaule, elle a tout compris bien sûr. Non, vous ne me choquez pas, professeur, et même je reviendrai, si vous permettez, merci.

Hilde reçoit le dossier et le regarde avec épouvante, poids léger d'une vie prête à s'envoler, quelques feuilles de papier, un classeur de carton. L'horreur.

Elle salue, va lentement vers la porte, serrant le check-up contre elle.

– Hilde!

Elle se retourne vers lui.

– Ne t'en va pas comme ça...

Tout d'un coup il est très vieux, très fragile, très humble. Il cherche ses mots et elle attend, debout sur le seuil, et, gravement, avec toute sa tendresse, il lui dit :

– Nous ne pouvons rien, c'est vrai, mais il y a une chose qu'il ne faut jamais oublier : c'est la puissance de ce qu'on appelle le bonheur.

Quand elle retrouve Bertrand dans le Bar à Café où il l'attend et qu'elle l'aperçoit, confortable, heureux, lisant son journal devant un plateau propret où tout est en ordre, la tasse, le petit napperon rond, le minuscule pot de lait, le triangle de papier pour ne pas se brûler, elle n'a pas le courage d'entrer et de l'affronter. Elle reste immobile derrière la vitre, les mains dans les poches, le dossier du check-up serré sous un bras, bouleversée. Elle le regarde, qui ne la voit pas et, soudain, il plie le journal, allume une cigarette et entreprend avec un grand sérieux une grille de mots croisés. Elle évalue en cet instant quel poids le destin vient de faire tomber sur sa vie. Un homme. Un homme merveilleux avec ses défauts, son égoïsme, son ambition, ses problèmes, sa chaleur, ses bras solides, son corps miraculeux et tous ses mystères et son désir. Un homme vivant. Qui va mourir. Elle refait lentement le tour de la place. Elle n'est même plus jolie. La souffrance a pris possession de ses traits. Elle le sent et ferme les yeux. Reste un moment comme en prière, le visage levé vers le ciel, indifférente à la vie de la cité qui continue autour d'elle, la cogne et la bouscule et, peu à peu, le courage accomplit son œuvre et, du fond d'elle-même, monte le plus beau des sourires. Celui du sacrifice accepté. Ses yeux s'ouvrent sur un monde de douleur qui va être désormais sa part. Mais elle assumera cette part.

Elle n'a jamais été aussi belle, aussi sereine. Quand elle entre dans le café et va vers lui, il est frappé par sa beauté. Il le lui dit tandis qu'il la fait asseoir devant lui, la débarrasse du dossier pour pouvoir lui prendre les deux mains :

– Que tu es belle...

Elle sourit encore et explique :

– Le bonheur...

Il baisse le nez, soudain triste, honteux. Il a tellement envie de la rendre heureuse. Et voilà que c'est elle qui le console :

– Bertrand...

– C'est la première fois que nous nous retrouvons depuis...

– Et alors, tu n'es pas content?

– J'ai eu Paris au téléphone.

– Ah?

– Nous ne pourrons pas déjeuner ensemble... il faut que je prenne le prochain avion à Genève... 13 h 20, je crois...

Il parle sans qu'elle l'interrompe, avec de grands silences entre chacune de ses phrases.

– Sémiette me cherchait partout... C'est ma secrétaire, Sémiette... c'est à cause du passage de deux Japonais qui... mais ça n'a aucun intérêt... La seule chose qui compte c'est qu'ils dînent chez moi ce soir, elles avaient déjà tout organisé.

Un sourcil de Hilde se lève. Elles...

– Tu vois je suis bien secondé.

– Le monsieur important...

– Bon sang, Hilde, ça fait mal! Je voudrais te quitter comme il faut!

– Tu crois qu'il y a une façon de se quitter comme il faut? Non, allez, il n'y en a pas. Pense au chalet!

– Je pense au chalet, aux grandes tasses rouges, à la première neige... Je te revois quand?

– Quand tu veux!

– Je veux déjà!

Un sourire monte des profondeurs jusqu'aux lèvres de Hilde. Un sourire tremblant et tendre et en même temps presque coquin.

– A quoi penses-tu? s'inquiète-t-il.

– A tout! dit-elle avec ferveur.

– Je suppose que je ne peux pas t'embrasser, ici, devant tout le monde?

Elle fait non de la tête, doucement.

– Tant mieux, si je t'embrassais, je te jetterais par terre et je me roulerais sur toi!

– Dommage...

Leurs regards s'accrochent l'un à l'autre. Eh bien voilà, terminus, il va partir...

– Tu reviendras?

– Bien sûr! Tu as l'air d'oublier que j'ai des

résultats à venir chercher chez toi! Même s'il n'y avait rien d'autre, il y a un check-up entre nous!

Alors elle se lève, ramasse le dossier, le glisse sous son bras et lui dit, presque gaie :

– Tu as raison, aussi je te laisse partir, j'ai confiance! Allez, viens!

3

LE COMBAT

Ambroise et Sémiette l'attendent tout de suite après le passage de la douane. Comme un prince. Comme un malfaiteur. Ambroise fend sa face noire d'un sourire joyeux.

– Ah! dit Sémiette.

Et ce simple « ah! », ce monde de sous-entendus qu'il y a sous ce « ah! », cette reprise de possession que signifie ce « ah! », cette perfection de déférence et d'insolence de ce « ah! » pourraient suffire à mettre Bertrand hors de lui. Mais pas aujourd'hui. Il est trop plein, trop chargé de forces. Rayonnant.

On le débarrasse de sa valise, de son attaché-case, de son manteau, on lui demande s'il a fait bon voyage. Il a envie de rire, de plaisanter, de tendre les mains, de réclamer les menottes. Les gens les regardent, intrigués. Le gros Allemand en veston épinard qui mâchouille son cigare depuis Munich, le balayeur musulman qui tousse derrière sa main, la famille française qui visite Orly, béate, depuis le matin, pieusement, comme on visite Versailles, et chacun se dit que ce doit être quelqu'un d'important qui vient d'arriver et imagine, derrière ce trio qui marche vers la sortie, un monde d'opulence et de puissance. Sémiette le sent et jubile. Peu lui importe d'être laide. Elle sait ce qu'elle vaut. Avec ses cheveux courts, ses lunettes, ses bottes, ses jupes qui tombent comme le fil à plomb, ses bijoux sévères, indiscutables, ses chemisiers jamais froissés, jamais souillés, sa maigreur élégante, elle suffit par son seul aspect à faire de la maison Lorin-Vallée une entreprise colossale.

Aujourd'hui, sous une courtoisie et une serviabilité exquises, on sent qu'elle est furieuse contre son patron. C'est la première fois, depuis sept ans qu'elle est sa collaboratrice, qu'il est parti en coupant ce cordon ombilical qui relie le patron et la secrétaire. Mais pourquoi a-t-il fait ça? Elle a des bouffées de honte en pensant qu'elle aurait pu ne pas le retrouver! Avoir les Japonais à Paris et risquer de ne pas pouvoir organiser cette rencontre dont on parle depuis deux ans!

Aussi, à peine sont-ils assis dans la voiture qu'elle l'accable sous les dossiers, les lettres urgentes à lire, les consignes, les nouvelles de l'usine. Elle espère de tout son cœur l'exaspérer, lui faire payer son inqualifiable disparition. Elle sait tout ce qu'il ne sait pas, ce qu'il devrait savoir, ce qu'il aurait su s'il n'était pas parti. Mme Lorin-Vallée a été parfaite, monsieur. Je ne sais pas si je vous ai dit que les Japonais sont venus avec leurs femmes? Eh bien, Mme Lorin-Vallée a déjà fait la conquête de ces dames. Je crois que notre dîner sera une réussite. Nous avons pu savoir les goûts de nos visiteurs... et quelle chance que le dîner ait lieu ce soir! Le calendrier de la semaine est surchargé, je crois bien que vous n'avez pas une date de libre! Oui, c'est une chance et, si nous emportons l'affaire avec les Japonais, ce sera un véritable triomphe pour vous, monsieur, au moment du symposium de Rome, dont la date est, je vous le rappelle...

Elle est trop fine pour ne pas sentir qu'elle bute contre une force nouvelle. Un sourire. Elle se tait, inquiète, étonnée et, dès l'arrivée au siège, se met en état de caméléon, se fondant au milieu du paysage familier, sachant très bien que l'environnement va reprendre Bertrand et l'obliger à fonctionner sans qu'il s'en rende seulement compte. Et elle ne se trompe pas. La porte de verre ne s'est pas encore ouverte, il n'a pas encore posé le pied sur la moquette, il n'a pas encore répondu au salut du planton qu'il est déjà absorbé, avide, heureux. Autour de lui la maison ronronne comme un beau navire en pleine mer. L'alerte a été donnée, le patron est revenu, conférence dans son bureau et les portes s'ouvrent, les ingénieurs se dirigent vers la grande pièce en rotonde qui impressionne les étrangers, glissent le long des couloirs où des Magritte et des Nicolas de Staël sont accrochés sur les murs : « Mais oui, vrais! » a coutume de dire Sémiette quand les visiteurs portent sur les toiles un regard étonné.

Tout le monde s'installe dans le bureau. Sémiette compte le troupeau et s'assied près de son patron, droite et satisfaite. Personne ne manque à l'appel. Jussaume, le secrétaire général, Durieu, le directeur technique, Baudrier, le directeur administratif et financier, Leblanc, le contrôleur de gestion et, bien sûr, Fachoux, le directeur du personnel. Celui-là, elle s'en serait bien passé. Elle le hait parce qu'il ose tutoyer Bertrand, elle le hait parce que Bertrand l'aime. Elle le hait parce qu'il a fait cuire du boudin il y a vingt ans sur le réchaud du hangar, parce qu'il est le parrain de Sylvie et qu'il a partagé l'espérance avec un jeune couple démuni. Elle est prête à parier, tiens, qu'il va faire l'important et prendre la parole. C'est que rien ne l'impressionne, vous savez! La présence discrète des deux belles secrétaires qu'elle a engagées lui procure de l'apaisement et de la fierté. Mes créatures, pense-t-elle dans une bouffée d'orgueil. Il fallait du courage, de l'audace pour introduire ces deux splendeurs dans un milieu d'hommes, mais ils ont vite compris qu'il n'y avait rien à faire. C'est qu'elle les tient solidement en main et, dès le premier jour, elle les a prévenues : « Ne dérangez jamais M. Lorin-Vallée, il a horreur de ça. Adressez-vous toujours à moi. » Elles ont obéi et lui, les a-t-il seulement remarquées? Peu importe, pour Sémiette elles n'ont pas plus d'importance humaine que les cariatides d'un temple. Elles sont là et symbolisent pour elle l'image de marque de la société.

Bertrand pose ses lunettes sur son nez, sourit et attaque l'ordre du jour.

Sémiette a retrouvé son patron.

Mais bien sûr, elle avait raison, elle ne se trompe jamais. Fachoux n'a pas demandé la parole pendant la réunion, d'accord, mais quand tout le monde a été sorti, il a dit :

– Il faut que je te parle.

Elle a essayé de rester en rangeant les papiers sur la table, en reportant soigneusement des rendez-vous d'un agenda sur un autre mais Bertrand s'est tourné vers elle avec cette politesse qu'il accentue chaque fois qu'il envoie balader quelqu'un :

– Vous pouvez partir, mademoiselle Sémiette, je vous remercie.

Elle a salué, s'est permis de rappeler qu'il était bientôt 19 heures et que le dîner était à 20 h 30. Je sais, je sais, a dit Bertrand. En sortant elle a entendu Fachoux qui attaquait :

– C'est très joli cette histoire de contrat japonais mais si tu ne veux pas que...

Elle pouvait continuer la phrase :

– ... que tes ouvriers se trouvent un jour sans travail...

Celui-là, on ne pouvait pas l'accuser d'être du côté des patrons! A la place de Bertrand, elle l'aurait drôlement remis à sa place! Elle aurait bien voulu en entendre davantage mais quand même, Dieu merci, elle n'en était pas encore à écouter aux portes.

– La difficulté réside justement dans le fait que je ne veux pas vendre un brevet mais du matériel. Je continue à fabriquer. Comme avant.

– Et Schlappfer?

– Il me suit. Mais je vais te livrer toute ma pensée : au cas où les Japonais signeraient, il y en a un qui serait bien étonné : moi!

Il éclata de rire.

– D'accord, dit Fachoux, moi aussi.

Il regarda Bertrand et se détendit à son tour :

– Ça fait plaisir de t'entendre rire. T'étais pas bien ces derniers temps, je l'ai dit à Marie l'autre soir : Bertrand, ça a pas l'air d'aller.

– Tu as vu ça?

– Oui, et ta fille aussi. Elle m'a téléphoné.

– De quoi je me mêle! fit Bertrand avec bonne humeur. Mais vous pouvez vous rassurer, je vais bien, je vais même très bien!

– Je vois, dit Fachoux, pensif.

Pas le temps. Pas le temps de penser. Pas le temps de se souvenir. Les bras de Sylvie autour du cou, les lèvres de Colette sur les siennes, les garçons que Mademoiselle fourre au lit et qui râlent parce qu'ils veulent voir papa. « *Go to bed now, and give Daddy some peace and quiet!* » disait Mademoiselle qui coulait à pic dans la langue de Shakespeare depuis quelque temps. Le bain rapide avant de passer ce costume sombre étalé sur le lit. Colette qui rit, qui bavarde, qui raconte tout, pose des questions et n'écoute pas les réponses, Colette qui part à la cuisine en criant : « Ciel! ma tortore! », qui revient, enlève son tablier taché de sauce, passe une robe de mousseline verte, s'inonde de parfum... son parfum retrouvé, familier, gênant comme une allusion sexuelle. Ils sont prêts, ils se sourient. « Alors? » demande-t-elle. Mais la sonnette retentit, les Japonais sont précis.

– Elles sont adorables! disait Colette. Elles se sont mises en kimono!

Dans le salon, les Japonaises avaient l'air de poupées précieuses. Elles semblaient ne pas vouloir se séparer de Colette qu'elles regardaient avec tendresse et ravissement. Elles semblaient même la comprendre. Leurs maris, plus réservés, encadraient avec déférence le vieux monsieur Nakota Tanaka, leur grand patron. Il avait un visage absolument terrifiant. A chaque instant, on s'attendait à le voir bondir sur vous en poussant le cri qui tue en glaçant le sang de l'adversaire avant de nettoyer la tranchée de ses survivants à l'aide d'un couteau à découper. L'interprète, un grand Eurasien très jeune, avait fait les présentations. La conversation n'allait pas être facile... Bertrand échangea un regard avec Jussaume, se demandant comment attaquer... Mais les dames japonaises venaient de s'abattre comme des oiseaux pépiants sur l'interprète qui s'inclinait et disait :

– Vos invités tiennent à offrir à la maîtresse de maison un tout petit souvenir de leur pays.

Un sac de soie brochée sortit de derrière un éventail et fut offert à Colette, ravie. Elle ouvrit le sac au milieu de l'attention générale, en sortit un autre sac de velours, puis un autre de satin, puis un minuscule coffret de laque absolument clos. Elle promena sa main sur la laque, un déclic joua et le coffret s'ouvrit avec une petite musique fêlée, découvrant une perle superbe au bout d'une chaîne de platine.

– Fabuleux! cria Colette tandis que les Français applaudissaient et que les Japonais s'inclinaient.

Sylvie accrocha la chaîne au cou de sa mère, Edgar, l'extra, passait du champagne, l'atmosphère se détendait.

– Ce soir, annonça Colette, pas de chichis!

– Chi-chis? demanda la plus jeune des femmes.

L'interprète traduisit par des sons mélodieux et très longs qui firent rire la colonie japonaise sauf le sinistre monsieur Tanaka.

– Je vous préviens que le dîner ne sera pas conventionnel. Nos amis sont las de la cuisine internationale, des potages Du Barry, soles dieppoises, entrecôtes Café de Paris comme on en mange dans tous les palaces. Ce soir, on s'amuse!

Dieu! pensa Bertrand, vous pouvez préparer le bicarbonate!

– D'abord la soupe à l'oignon comme aux Halles. Puis, nos amis ayant fait connaissance avec les escargots de Bourgogne à midi : des grenouilles!

Pas vrai! pensa Bertrand qui crut sentir l'odeur de la forêt, de la neige, au bord de la mare scellée d'une pellicule transparente...

La jeune femme de Jussaume avait verdi. Elle était toujours enceinte et supportait mal cet état.

– Rassurez-vous, ma chérie, lui dit Colette d'une voix aussi fraîche que sa robe, vous aurez votre tranche de jambon. Comme d'habitude!

Puis elle s'écria en prenant les deux Japonaises par le bras :

– Elles sont adorables! Elles se sont mises en kimono!

Encore, pensa Bertrand.

– Voyez-vous, Fumiko..., dit Colette, ce soir, je voudrais que vous vous sentiez à la maison!... *at home... a casa!*

Elle est prodigieuse, pensa Bertrand. Elle parle et tout le monde comprend. Sémiette a raison, une femme comme ça vaut de l'or. Elle devrait diriger la France. Premier ministre, président de la République... les hommes sont si fatigués.. place aux femmes! à ma femme, à Colette. Qu'elle prenne les affaire de l'Etat en main et un peuple fanatisé la suivra jusqu'à Berlin, Moscou, Pékin... Non, elle est bien plus forte! elle fait venir Tokyo jusqu'à elle!

– Pour bien connaître la grenouille, disait-elle, il faut la manger avec ses doigts, et elle donna l'exemple, une bestiole à la main, attendant que chacun l'imite. Il n'y a que dans les très bonnes familles de la H.s.p. que l'on mange les grenouilles et les écrevisses avec un couvert à poissons. C'est même le plat-traquenard des repas de demande en mariage. Si le jeune homme se débrouille mal, mon gendre, tout est rompu! Mais je persiste à penser que c'est une hérésie. Voyez, à Versailles, chez le roi, il n'y avait pas de couverts à poisson et pourtant, Dieu sait qu'on n'était pas chez les pégots!

S'il arrive à se sortir de la traduction, il est fort, pensa Bertrand en regardant l'interprète. Mais l'interprète laissait couler les événements comme il laissait couler le vin dans son verre. Pas besoin de traduire, tout le monde hochait la tête comme pour approuver et attaquait la tendre chair parfumée. Bertrand mordit dans une cuisse et crut qu'il était fou. Jaillissant du surtout d'argent piqué de roses-thé, s'élevant comme une fumée, comme ces génies et ces fées qui s'échappent d'une lampe ou d'un vase dans les contes des *Mille et Une Nuits,* une visïon se précisait, définissait ses contours, se matérialisait devant ses yeux. Hilde. Nue. Les bras tendus vers lui, la bouche entrouverte sur un murmure silencieux, des cris muets et, soudain, renversant la tête en arrière, elle croisa les bras sur ses seins comme pour les protéger d'un plaisir trop violent...

Affolé, il jeta un rapide coup d'œil autour de lui pour s'assurer que personne n'avait rien vu. Mais non, à part le solo de Colette, ça roupillait toujours autour de la table.

La vision avait disparu, il la rappela mais le génie de la lampe n'obéit pas à ses prières. Très bien. Fouetté, réveillé soudain, il s'empara du gouvernail.

– Je vais parler japonais, dit-il.

Il se tourna vers l'interprète :

– Je vais commencer par votre nom. Comment vous appelez-vous?

Le Jaune rougit :

– Campredon, dit-il. Je suis né à Montauban où mon père était dans la gendarmerie. C'est quand il était en poste outre-mer qu'il a rencontré ma mère...

Bertrand capta le même éclair de gaieté dans l'œil de sa fille et dans l'œil de sa femme. Il regarda Mme Jussaume qui chipotait son jambon de régime, le regard vide, aussi triste que la captive du Grand Turc enchaînée chez les Infidèles. Pauvre Jussaume, il n'a pas mérité ça! C'est souvent trompeur une jeune fille, on est amoureux, on l'épouse et on a un phasme collé à la peau jusqu'à ce que mort s'ensuive...

– Bon! Comment dit-on les mots bienvenue en japonais?

Campredon de Montauban traduit et Bertrand

répète avec application après lui. Les Japonais sont attentifs, surpris, les visages blancs des femmes se tournent vers lui, sur les lourdes coques noires les vermicelles d'argent se balancent au bout des fines épingles, les bouches, cœurs rouges, s'entrouvrent sur des sourires. Seul le vieux a l'air méfiant... très bien, ça m'excite, parlons japonais!

Bien sûr, il y a beaucoup d'anglais, de français et bien peu de japonais dans le discours de Bertrand mais il ne perd pas le fil de la conversation et, peu à peu, ça se réchauffe.

Les petits charniers fleurant l'ail sont partis sur les assiettes de Sèvres, on a purifié ses doigts dans les coupes d'argent où flottait une tranche de citron vert, on fait connaissance avec le bœuf en daube.

– Je l'ai fait moi-même, dit Colette avec pudeur.

Colette... tu as fait ce bœuf en daube, tu as fait tant de choses, tant de choses pour moi depuis qu'on se connaît...

Bertrand retrouvait dans son assiette tout le parfum des années enfuies. Délicieux, son bœuf en daube... Si j'osais je me lèverais et j'irais l'embrasser devant tout le monde, au bout de la table... et, en même temps je voudrais que Hilde soit avec nous, qu'elle goûte de ce bœuf en daube, qu'elle se régale avec nous...

Des accents pathétiques... le grand patron à visage de tueur se décidait enfin à parler. Il se fit un silence respectueux, quasi religieux.

L'interprète abandonna à regret son verre plein de moulin-à-vent, lui sourit avec une expression qui signifiait : « Attends-moi, je reviens de suite! » et traduisit :

– Monsieur Tanaka demande si madame Lorin-Vallée peut donner la recette de cette préparation délicieuse pour sa mère. La vieille dame est très âgée et vit à Kyoto avec une égale passion pour la poésie et la cuisine.

Colette rayonnait. Demain matin, M. Tanaka aurait sa recette. Alors le visage terrifiant du Japonais s'éclaira d'un sourire d'une telle douceur que toute la table en soupira d'aise.

« Nous sommes des peuplades, pensa Bertrand, Paris, fin du XXe siècle, de nobles voyageurs japonais rendent visite à un chef blanc et échangent des présents. Perle pour la femme du chef, philtre bacchique pour les visiteurs, recette pour une ancêtre qui vit entre ses fourneaux, se poètes, ses chrysanthèmes... et, de part et d'autre de la table, les épouses se dandinent en costume traditionnel. »

Edgar, parfait, ramassait les miettes, glissait sans bruit sur la moquette. Il avait cet air absent, british, aristocratique des très grands domestiques. On le rencontrait partout, il était de toutes les fêtes, de tous les mariages. Rien de vraiment parisien ne se passait sans lui et il était le seul homme à savoir dans quel tiroir le XVIe rangeait son argenterie vraie ou fausse. On disait tout devant lui, du secret d'alcôve au secret d'Etat. Qui se serait méfié d'un meuble de style aussi pur qu'Edgar? Il avait tout vu, tout entendu. Tout retenu. Tout écrit aussi, son livre sortirait au printemps mais ça c'était la surprise. Personne ne le savait. A part son éditeur, bien sûr, qui l'avait connu chez les Rothschild et se frottait les mains à l'avance, bénissant cette tasse de café qu'Edgar avait renversée sur son pantalon, remerciant le hasard... Comme si Edgar pouvait renverser quelque chose par hasard! Il fallait bien un prétexte pour faire connaissance.

– パリの市内観光, dit Bertrand.

Il est fort, lui aussi, pensa Edgar.

Ils étaient partis vers une heure, arrondis par le

vin, rougis par la framboise, soudain bavards, affectueux, gais.

– Monsieur Tanaka veut vous dire quelque chose en français...

Serrant entre les siennes les mains de Bertrand, le vieux monsieur avait pris une profonde aspiration :

– Cul sec!

Ça les avait tellement fait rire, cette expression. Et ils riaient tous comme des baleines dans l'entrée. Cul sec!

Une soirée vraiment très réussie.

– Je crois qu'on les a eus! dit Colette.

Elle avait quitté ses chaussure, entrouvert les fenêtres du salon et elle ramassait les cendriers pleins.

Sylvie, à demi nue, était déjà dans la cuisine.

– Qu'est-ce qu'ils ont bouffé! dit-elle en enfournant une énorme tartine de munster.

– Ils vont gerber comme des dauphins, assura Colette, la conscience tranquille, en jetant ses cendres dans le vide-ordures.

– Penses-tu, c'est solide, un Japonais! Tu sais ce qu'on dit? Quand un Japonais boit du Coca-Cola, il mange la bouteille pour ne rien laisser!

Rires, bâillements, brouillard sur les phrases, sommeil et pourtant conscience aiguë du milieu de la nuit. Déjà vécu ça. L'autre soir. Les autres soirs. Avant la Suisse. La Suisse... Hilde...

– Eh! Oh! Chéri! on te parle! Comment tu la trouves?

– Qui?

– Qui? ma perle, chéri!

– Ah! très belle!

– Je sais bien que, chez eux, les perles on les ramasse comme les marrons en Auvergne, mais celle-là...

– C'est un marron sérieux, dit Sylvie.

– Ce serait plutôt de bon augure, hein? Ben, chéri! tu dors? Ohhhh!

Bertrand et Sylvie tressaillent.

– Ne crie pas comme ça, maman! tu fais peur! Tu vas nous coller une maladie de cœur!

– Mes enfants, excusez-moi mais j'allais oublier de vous parler de Mme Jussaume! C'est quand même un cas, celle-là! Tu devrais exiger qu'il divorce, dans son intérêt à lui, le malheureux! Je fais vraiment tous les efforts que je peux – ne ris pas, Sylvie, ne sois pas insolente! – mais vraiment! Elle est enceinte ou elle a ses règles? La tête qu'elle fait! Elle a l'air de t'en vouloir parce que la pilule passe pas, parce qu'elle paume son stérilet, parce qu'elle perd les eaux dans ton salon... Si je lui parlais franchement, en amie, un jour?

– Ne fais pas ça! crièrent en même temps Bertrand et Sylvie.

La roulotte...

Bertrand s'étira.

– Je me suis levé à 5 heures...

– Quelle idée aussi! dit Colette. Pour prendre l'avion de l'après-midi. Eh ben, va au lit, personne ne te retient, tu sais ce qui t'attend demain. A ta place je dormirais déjà.

Un abricot.

Ce grain de peau si ferme que le temps n'a su desserrer.

« Je dors », avait-il dit en s'écroulant dans le lit. Mais il avait suffi que Colette se colle contre lui, épousant sa forme comme le mercure épouse le flanc d'un vase, il avait suffi de sa chaleur, de son odeur retrouvées pour qu'il se penche sur elle...

– Et tu disais que tu étais fatigué, a-t-elle soupiré.

– Je suis fatigué.
– Menteur!
Il a peur de ce désir, de ce plaisir, il s'étonne, il se demande comment, pourquoi tout cela est possible. Il voudrait qu'on lui dise, il voudrait savoir....
– J'ai tant de choses à te dire, murmura-t-il dans les cheveux roux et soyeux.
Et il a soudain le courage qui délivre, comme ces gens qui suffoquent et qu'une gorgée de whisky rend à la vie, dilatant les trajets sacrés, ouvrant la voie au sang, à l'oxygène...
– Tu veux bien? demande-t-il. Tu veux bien qu'on parle?
Mais elle dort et soudain il est seul dans la nuit.

Dans la nuit.
Au cœur des ténèbres.
Mais, à l'intérieur de la clinique, l'univers n'en est que plus blanc à cause des rideaux tirés.
Hilde est de garde. Blanche aussi avec sa blouse nette. Blanc aussi le petit lit sur lequel elle est allongée. Elle a acheté un roman français. Mais elle ne lit pas. Elle est immobile, les yeux dans le vague.
Tout à coup une lampe rouge s'allume au-dessus de la porte, un numéro clignote sur un tableau. Le même courant électrique semble l'atteindre, l'arrachant au petit lit. Elle se lève, pose le livre, jette un gilet tricoté sur ses épaules et se précipite dans le couloir, silencieuse et rapide.
Devant la chambre de l'Altesse royale, il y a cet affolement discret, chuchoté, cette agitation à mi-voix qui fait plus peur que les désordres et les cris. Elle entre et elle n'a aucune illusion. C'est pour maintenant. Il souffre mort et misère. Il a juste assez de conscience pour percevoir la douleur. Elle

est tout ce qui lui reste de vie. Ses vieilles mains soignées tirent sur le drap. Ses vieilles mains qui ont tant maigri que la chevalière a tourné. L'Aigle bicéphale s'est réfugié au creux de la ligne de cœur, de la ligne de vie, bientôt il repliera ses ailes. Et dire qu'il faut l'emmerder avec tout ce que la science a inventé pour prolonger les misères de l'agonie! Pour pouvoir dire à la famille : « N'ayez aucun regret, nous avons vraiment tout tenté! » Soutenir ce cœur qui n'en peut plus, qui n'en veut plus! Pauvre vieux édenté, tremblant avec sa barbe de mendiant mal rasé, elle voudrait le prendre dans ses bras et lui chanter une petite chanson qui endort. Mais non, elle doit l'ausculter, lui faire une piqûre, Nurse Pauli lui tend une seringue. Elle la repousse doucement de la main, s'assied à la tête du lit. Stupeur dans les yeux de Nurse Pauli. Mais Hilde soutient ce regard et entoure doucement le vieillard de ses bras. Elle n'a jamais fait ça mais elle sait qu'elle doit le faire et elle sait aussi qu'elle ne sera pas trahie.

Dans les yeux égarés de douleur, une accalmie. Il a vu une jeune femme près de lui... ce doit être Cosima, pense-t-il, ma petite-fille préférée, celle qui a épousé cet Anglais, non, il est américain... Non, pas Cosima. Cosima est morte.

– Cosima? dit-il.

– *Ja,* Pappy.

C'est bien Cosima puisqu'elle répond. Gentille Cosima... je te donnerai Parsifal, mon beau cheval noir...

Il ouvre la bouche pour le lui dire mais Hilde ne le saura jamais, ni Cosima qui est bien morte en Amérique il y a longtemps, ni le cheval qui s'ennuie et bouge dans sa stalle, ni les chiens qui ne verront pas revenir leur vieux prince.

Leur vieux prince est mort.

★

Bruit déchirant des doubles rideaux que l'on ouvre, lumière du matin, Colette en peignoir, alerte, joyeuse, sa première cigarette de la journée à la main, réveille son mari.

– Tu dors encore, gros paresseux!

Marinette est au pied du lit, alerte, joyeuse, le plateau du petit déjeuner dans les bras.

– Bonjour, monsieur!

– Bonjour, Marinette!

– C'était bien la Suisse? Ça a fait du bien à Monsieur?

– Oh! oui!

Il ne peut s'empêcher de rire en remuant le sucre dans sa tasse de thé et il est révolté par son cynisme.

– A la bonne heure! approuve Colette. On t'entend pas souvent rire comme ça!

Une honte, pense Bertrand qui rit de plus belle. Il faut quand même faire attention. Bertrand, tu te conduis comme un collégien. Si Colette se doutait... mais elle ne peut pas se douter. Elle est le contraire d'une femme jalouse, inquiète, soupçonneuse. Elle ne risque pas de faire ses poches, ou alors ce serait pour trouver quelque chose qu'il a perdu, et sans se cacher. Elle ne peut pas deviner. Elle est tellement SURE de lui, d'elle. Et s'il lui disait tout comme il a failli le faire dans la moiteur de la nuit? S'il lui disait : « Colette, je suis tombé amoureux », elle éclaterait de rire : « Ne dis pas de bêtises! » Elle aurait du mal à le croire et, une fois convaincue, elle prendrait la direction des affaires. Il la voit au chalet. Gentille. Compréhensive. Décidée. Contemplant avec satisfaction le petit tas désintégré qui fut Hilde, s'essuyant les mains et disant : Bon! avec une satisfaction de ménagère. La vie ne lui a jamais résisté et, quand la vie a essayé de le faire, c'est Colette qui a gagné. Attention, Bertrand, prudence, garde ton secret.

– Edgar m'a dit que Monsieur parlait japonais?

– Oh! à propos, dit Colette en tendant une feuille de papier à Bertrand. Tu donnes ça à Sémiette pour qu'elle le fasse taper et remettre au samouraï. C'est ma daube.

– Et qu'est-ce que Monsieur veut leur vendre au juste à ces Japonais?

– Des tout petits trucs très chers qu'ils fabriquent bien mieux que nous et bien meilleur marché.

– Voilà! Voilà! Colette était furieuse. C'est tout toi, ça! Si je n'étais pas là pour te dire qui tu es, tu ne saurais même pas que tu existes! Qu'est-ce que tu mets, à propos, le bleu croisé ou le bleu rayé?

– Pourquoi du bleu marine?

– Pourquoi du bleu marine? Marinette, vous vous rendez compte? Vous l'entendez? Mais parce que tu ne déjeunes pas ici, que tu as des rendez-vous très serrés et qu'à 5 heures il faut qu'on soit dans la chapelle du collège pour la confirmation de Pascal! Alors?

– Alors quoi?

– Bleu croisé ou bleu rayé?

– Rose bonbon, dit-il.

Marinette riait de bon cœur et Colette riait malgré elle.

– Bleu rayé, décida-t-elle, tu nous fais perdre trop de temps. D'ailleurs tu es en retard et ce n'est pas le moment, j'ai eu Sémiette au téléphone hier matin, ce qui t'attend est absolument terrifiant! conclut-elle en se léchant les babines.

– Ce qui vous attend, monsieur, est absolument

terrifiant, avait dit Sémiette en l'accueillant, gourmande, à son bureau.

Et c'était vrai.

Discussion avec les Japonais toute la matinée. Déjeuner pris sur place, il détestait ça, dans une pièce lugubre à côté de son bureau, suite de la discussion, on s'enlisait, il en avait marre, il n'aimait pas être en retard pour ses rendez-vous et il n'avait qu'à regarder sa montre pour savoir que trois personnes au moins attendaient d'être reçues. Les Japonais étaient partis sans conclure, peut-être décidés à ne pas donner suite mais comptant bien que leurs amis français viendraient dîner avec eux, le soir même, dans un restaurant japonais en compagnie de leur aimable fille.

– Je ne viendrai pas, dit Sylvie dans la voiture qui roulait vers le collège.

– Tu as tort, dit Colette avec bonne humeur.

– Il faut que je travaille, maman! Déjà, hier soir, j'ai rien fait, cet après-midi non plus!

– On croirait que tu es aux pièces!

– Aux pièces ou pas, j'ai pas de temps à perdre.

– Tu es idiote!

– Non, dit Sylvie tout doucement mais si fermement que son père la regarda.

Elle avait l'air triste. Que pouvait-elle avoir? Aussi pourquoi sa mère lui parlait-elle comme à une enfant de cinq ans?

Comme à moi, pensa Bertrand.

La Mercedes familiale entrait au pas dans le parc où les jardiniers poussaient des tombereaux de feuilles mortes. Des gens endimanchés et satisfaits sortaient des voitures en donnant la main à des petites filles gambadantes et à des vieillards fragiles. Mademoiselle était assise à côté d'Ambroise, elle était la plus émue, pauvre fille, elle était de plus en plus sensible. Encore belle, remarqua Bertrand, presque plus belle que quand elle était jeune. Est-ce que c'est vrai qu'elle est vierge? On ne peut quand même pas le lui demander... Qu'est-ce qu'on va en faire? Difficile de la garder jusqu'à ce que les garçons soient appelés sous les drapeaux. Mais qu'est-ce qu'elle va devenir? Elle ne vit que des miettes de famille qui tombent de la table. Je suis prêt à parier qu'elle va aller communier. Elle se tenait bien droite dans son petit manteau bleu marine comme la livrée d'Ambroise. Tiens, comme mon costume... Soudain, comme on arrivait, elle se tourna vers Colette, les yeux et la voix brouillés :

– Quand je pense que c'est notre petit bébé, madame! et qu'il fait sa confirmation!

– Eh oui, dit Colette qui, moins frustrée et plus pratique, s'inquiétait pour Ambroise : vous allez peler de froid dans la voiture, Ambroise, entrez avec nous dans la chapelle.

– Avec plaisir, madame, dit Ambroise qui expliqua avec son sourire merveilleux : moi je suis protestant, alors j'aime bien aller à l'église, madame.

– Vous êtes protestant! s'exclama Colette en s'extrayant de la voiture, mais comme c'est drôle, ma tante, Mme de Laprade, vous savez, Ambroise, la vieille dame qui m'a élevée, eh bien, elle est protestante aussi!

– Oui, madame, dit poliment Ambroise. Mais Mme de Laprade, elle est calviniste, nous autres on est luthériens. C'est très différent.

Sylvie et son père échangèrent un sourire et prirent les devants, Colette et Ambroise suivaient en baissant de plus en plus la voix et plus il parlait bas, plus Ambroise retrouvait l'accent des Antilles.

– Luthélien plus ligolo, chuchota-t-il avant de mettre un doigt sur ses lèvres et d'enlever sa casquette.

Arche chargée d'innocence dans laquelle on pénètre au son d'une fugue de Bach, comme tu es loin de la dure réalité. Tu as rompu les amarres et tu vogues dans ce que certains appellent le Ciel, d'autres l'Infini et les bandes dessinées le Sub-Espace. Les petits garçons chantent. Comme ils sont petits et fragiles! Ils le seront toute leur vie. Leurs voix sont émouvantes et leurs têtes rondes et propres qui ne se tournent pas vers les parents doivent en contenir des projets et des rêves. Puis c'est le silence, un long silence pendant lequel ils vont s'agenouiller pour communier. Où sont les bourrades, les cris brutaux, les coups de pied? C'est la trêve. Au bord de la vie.

Soudain Bertrand se sent mal. Il a un véritable malaise. De la sueur perle sur son front. Il a envie de crier, de s'asseoir, de hurler même. Il regarde ses compagnons : Colette, superbe, triomphante, sans faille. Ah! si seulement elle sentait sa détresse! Si elle tournait la tête vers lui! si elle avait peur! une fois seulement, une fois dans sa vie. Mon Dieu, donne-lui la peur... Tiens, j'ai gagné mon pari : Mademoiselle va communier. Elle aura tout vécu par procuration, elle se rengorge, dérisoirement fière, elle s'approche de la table, on dirait Esther. « O mon souverain Roi, me voici... » Je suis méchant, amer, Mademoiselle, je te demande pardon, Mademoiselle qui vis depuis tant d'années chez moi et dont je ne sais même pas le prénom... Et toi, ma petite planète, vas-tu m'aider? Tu sembles absente, tu es triste... que se passe-t-il? Je ne veux pas que tu aies de la peine, c'est toi qui as dit : Si tu es trop fatigué, mon chéri... Alors, je ne veux pas que tu sois malheureuse, la vie est dure, mais je suis là, je t'expliquerai des choses. Ah! ça va mieux!

Le joli visage s'est éclairé brusquement. Elle sourit. Olivier vient d'entrer dans l'église.

Bertrand les regarde, puis il ne regarde plus rien. Il entend les voix fraîches de l'arche :

« Seigneur, je suis sûr de Ta promesse

Seigneur, je suis sûr de Ton amour... »

Ambroise a une belle voix, il suit sur le livre d'une vieille dame gantée de chevreau et chante de tout son cœur :

« ... sûl de Ta plomesse

... sûl de ton amoul... »

Mais moi je suis seul. Le plus démuni des hommes. Je n'ai rien à faire ici. Je veux me trouver dans un chalet, dans la neige, la neige fraîche... quelqu'un m'attend là-haut, ici personne n'a besoin de moi.

Une main noire se pose doucement sur son bras.

– Monsieur...

C'est Ambroise qui désigne, là-bas, dans l'allée centrale, Pascal, immobile, les bras croisés. On dirait un de ces enfants sages du XIXe siècle, un de ces enfants sages que mame auréolait de dentelle de papier sur fond d'azur, un bon enfant comme on disait dans les bons livres. Mais il est bien vivant et guette, mendie, espère un regard de son papa. La petite flèche atteint le cœur de Bertrand et s'enfonce dans sa chair.

Il sourit à l'enfant qui se détend et regagne sa place, heureux.

En guise de représailles, les Japonais leur firent manger du serpent et, sans doute impressionnés par le courage de leurs adversaires, promirent de signer un compromis le lendemain matin.

Sylvie les attendait dans la cuisine, un grand chandail gris descendant plus bas que ses genoux, cachant ses mains, ses cheveux séparés en deux couettes.

– Alors? demanda-t-elle.

– Tu n'es pas couchée? s'indigna sa mère.
– Je bosse.
– Sois raisonnable!
– Ben merde! Qu'est-ce qu'il te faut! Alors?
– Alors, on a mangé du serpent.
– Quoi!
– Ma chérie, pour ton père, s'il le fallait, je mangerais des sauterelles!

Sylvie noua ses grands bras sans mains autour du cou de son père :

– J'ai été drôlement avertie par mon ange gardien, hein papa? Du serpent! Mais attention : du python, du boa ou du naja? Dis donc, t'as de la chance que je sois pas venue, je te foutais ta carrière en l'air! Et Mme Jussaume, vous l'avez déposée à Marmottan ou à Beaujon?

– Elle n'est pas venue, dit Bertrand, vous devez avoir le même ange gardien, mais, ma biche, on dirait que tu m'as encore piqué un chandail. D'où sort-il, celui-là? Je ne le reconnais pas.

– Forcé, il est à Olivier, il est venu dîner ce soir.

– Dîner! suffoqua Colette. Mais il n'y avait rien!

– T'inquiète, on a mangé un gros sachet de soupe. Minestrone lyophilisé. Extra.

– Je ne comprendrai jamais cette génération, ou c'est la grosse bouffe ou c'est Sparte!

– C'est pas important, maman! Et puis, 2,95 F, c'est grisant, non? En tout cas j'ai tout compris sur le multiplicateur keynesien ce soir, il explique vachement clair, Olivier.

– Le multiplicateur keynesien? Mais c'est passionnant, dit Bertrand, on se fait un lait au rhum et tu me racontes...

– Ça va pas, non? demanda Colette. Du lait au rhum? Sur du saké? Moi vivante, on ne verra pas ça!

– Compris! bonsoir! dit Sylvie en sortant de la pièce.

– Mais qu'est-ce qui lui prend? Elle est folle! Tu as vu ça? Elle ne nous a même pas embrassés! Enfin, Bertrand, sois honnête! Reconnais que j'ai raison!

– Tu as raison.

– Ah!

– Mais est-ce que c'est important d'avoir raison?

– C'est toi qui dis ça?

– Oui, c'est moi. Où est le lait?

– Tu vas faire du lait au rhum?

– Oui, et je vais lui en porter un bol.

– Avec des excuses, je présume?

– Avec un baiser. Où est le lait?

Colette haussa les épaules, sortit la bouteille du réfrigérateur, le rhum d'un placard, le miel, deux bols, deux cuillères, un plateau, attrapa une casserole...

– Laisse, dit Bertrand, je vais le faire!

– Alors, n'oublie pas d'éteindre la cuisinière. Et si tu es malade, ne t'en prends qu'à toi! Qu'est-ce qui te faire rire?

– Toi! Allons, chérie, ne sois pas fâchée!

– Je ne suis pas fâchée, je suis furieuse! dit Colette en sortant de la cuisine.

Il n'oublia pas d'éteindre la cuisinière, il n'oublia pas de reboucher le rhum, et s'en alla frapper à la porte de sa fille.

Elle travaillait dans son lit, un cahier de notes à la main, l'*Initiation aux faits économiques et sociaux* sur les genoux.

– Tu crois pas que tu exagères? demanda-t-il. On peut te dire, sans te blesser, que la nuit est faite pour dormir?

Elle regardait avec ravissement les bols fumants.

Son père s'était assis avec précaution au bord du lit, le plateau sur les genoux.

– Sers-toi, c'est du lait au rhum.

– Ça se sent, dit-elle.

– Tu sais que ta mère a raison, petite planète, tu travailles trop, dit-il, un bol entre les mains.

– Je veux gagner ma vie, faire ma vie comme un mec. Mieux qu'un mec, ajouta-t-elle farouchement. Elle but une gorgée. – Oh! papa, t'as eu la main lourde!

– Tu crois?

– Qu'est-ce que c'est fort!

C'était très fort. C'était bon. Ils se mirent à rire.

– Heureusement que je suis dans mon lit! J'ai deux pères! Et toi, t'as combien de filles?

– Je ne vous vois plus très bien, mes chères petites, dit Bertrand, vous êtes trop nombreuses!

– Papa, je peux pas le finir, tu veux le vider dans mon lavabo, ça te vexe pas?

– Un peu déçu, mec. M. Tanaka aurait fait cul sec, lui! et alors, ce multiplicateur keynesien, on en parle?

– Tu rigoles, pâteuse comme je suis! Borde-moi, papa! Et puis, dis, embrasse maman pour moi, mais fort, hein? Très fort! comme ta potion magique! J'irais bien si je pouvais encore marcher mais... peux plus... soir...

Il regarda la chambre de petite fille, de jeune fille, d'étudiante, avant d'éteindre et de sortir doucement.

Il se coucha dans le noir, serra Colette dans ses bras, posa ses lèvres contre sa tempe :

– Ta fille t'embrasse très fort.

– Tu sens le rhum, dit Colette en se détournant.

★

La vie avança bêtement. Un jour, deux jours, trois jours.

La vie avança, allant du bruit déchirant des rideaux ouverts sur des matins de plus en plus gris jusqu'aux haltes de la nuit dans la roulotte et la fatigue.

Les Japonais étaient à Londres. On établissait le contrat. Géa ne voulait pas encore y croire. Bertrand lui-même avait du mal... et si peu de temps pour y penser. Le bureau. Chaque jour, un déjeuner d'affaires, lourd comme un repas de baptême, trop arrosé. Chaque soir, un dîner où des hommes aussi exténués que lui essayaient de donner le change, de faire croire qu'ils étaient contents d'être là.

– C'est pas que ce soit drôle, disait Colette en rentrant, mais c'est qu'on peut pas faire autrement!

On ne peut pas faire autrement? Et qu'est-ce qui se passerait si on essayait de faire autrement?

Le matin du troisième jour, assis sur les coussins de sa voiture, il regardait défiler le paysage, écœuré comme un paralytique qui verrait pour la septième fois la même série vaseuse à la télé.

Et voilà!... c'est reparti... Mais qu'est-ce que je fais ici, moi? J'obéis, c'est tout! Je fournis, j'assume, je continue. Et c'est tout ce qu'on attend de moi : un bon rendement. Il pleut! Il fait gris, il fait moche... et moi je vais au boulot parce qu'on peut pas faire autrement!

Il resta immobile un long moment, frappé de stupeur par l'idée qui montait du fond de lui comme une bulle et venait éclater à la surface. Enorme!

Il se pencha vers Ambroise et lui dit avec une passion farouche, presque gaie :

– Ambroise, je vous donne votre journée!

Ambroise, étonné, ralentit et se tourna à demi vers lui tout en gardant un œil prudent sur la route :

– Ma journée, monsieur?

– Oui, je vous donne votre journée! Il y a bien quelque chose que vous ne pouvez pas faire d'habitude et qui vous ferait plaisir? Je sais pas, moi...

– J'aimerais bien aller voir ma grande sœur Rosette, dit Ambroise en s'arrêtant.

– Eh bien, voilà! Tenez, ça c'est pour Rosette, si, si! vous ne pouvez pas débarquer chez elle sans apporter des fleurs, du vin, un gâteau... C'est bien elle qui a cinq garçons?

– Six, monsieur, dit Ambroise qui avait enlevé sa casquette et la rangeait dans la boîte à gants.

– Vous voyez!

Ambroise, encore ahuri, était descendu, ouvrait la portière de Bertrand qui se précipita tout joyeux à la place du chauffeur.

– Bonne journée, Ambroise, dit-il en lui tendant la main. Vous viendrez me chercher demain matin comme d'habitude.

– Bonne journée, monsieur. Merci!

Bertrand démarra sec, contrôla la place du rétroviseur dans lequel Ambroise, debout au bord du trottoir, devint tout petit, disparut. Puis il s'écria à voix haute :

– Et moi aussi, je me donne ma journée!

– C'est vous? cria Hilde dans le téléphone. C'est toi! Oh! mon Dieu, où es-tu?

– Je t'appelle de Paris, dit Bertrand, fier de son mensonge, prenant à témoin de son beau mensonge cette petite cabine suisse, et tout l'aéroport de Kloten, et tous les gens qui passaient...

– Oh! Bertrand!

– Tu croyais que j'avais disparu pour toujours?
– Non, bien sûr, mais c'était un peu triste le silence...
– Très triste! Et c'est très triste aussi de ne se parler qu'au téléphone.
Bertrand, mon vieux, tu es sadique!
– Hein? c'est triste, répéta-t-il.
– C'est déjà ça...
Elle est merveilleuse.
– Tu vas bien? demanda-t-il.
– Je t'entends... Je vais bien. Et toi?
– J'allais te le demander : qu'est-ce qu'il dit, mon check-up?
– Très bien! très bien! dit-elle vivement. Juste des petits détails de rien, comme toujours, mais il faut même pas y penser, c'est très bien, très bien! et, mal à l'aise, elle ajouta : il va falloir que je te quitte...
– Compris, tu veux plus me voir!
– Bertrand!
– Je ne suis pas drôle, dit-il tendrement, c'est parce que je voudrais être tout près de toi... Je te laisse mais il faut que tu me promettes quelque chose : tout à l'heure, quand tu iras déjeuner – tu vas bien aller déjeuner à la Cafétéria, aujourd'hui? – oui, eh bien tu commanderas un *Griesznockerlsuppe* et tu le mangeras en pensant à moi. Promis?
– Promis!
– Je t'embrasse.
Elle raccrocha doucement et se demanda combien de temps elle saurait mentir.

La Cafétéria était pleine de monde.
– J'abandonne, dit Jérôme à Hilde qui venait d'entrer. Vingt minutes que je suis là et pas pu poser mes fesses! Je saute dans la voiture et je vais manger un *rösti* sur l'autre rive. Je t'embarque?

– Impossible! J'ai fait un vœu : il faut que je mange un *Griesznockerlsuppe!*

– T'as des vœux légers! Alors, tu viens? Non? J'insiste pas mais je peux te dire que ton vœu, tu le mangeras debout! *Ciao!*

– Ça compte, même si c'est debout, dit-elle.

Elle ôta son manteau, promena son regard à travers la salle, espérant trouver une petite place dans un coin et soudain s'immobilisa, toute pâle.

Bertrand était là. Il était assis à la table même où ils s'étaient retrouvés la première fois. Il lui souriait. Il se leva lentement et vint vers la jeune femme :

– *Grüezi,* dit-il en lui prenant la main.

– *Grüezi,* firent les lèvres de Hilde sans qu'aucun son ne pût en sortir.

Ils se sont assis sans se quitter des yeux. Ils ne peuvent pas parler. Ils se regardent. Vidés de leur sang. Arrêtés comme des machines. Hors du temps. Puis, peu à peu, la vie revient. Ils se regardent toujours. Mais maintenant ils se voient. Et il se penche vers elle et, comme un enfant qui fait l'école buissonnière, avoue :

– J'ai séché le bureau!

– Non!

– Si! si! j'ai séché le bureau! J'ai pris l'avion de 10 h 30 et je reprends celui de 15 h 50. Je voulais te voir!

Elle n'arrive pas à le croire, elle répète :

– Tu es venu entre deux avions!

et il répète :

– Je voulais te voir!

et elle le croit. Parce que c'est vrai. Insoutenable de vérité. Il est venu, coup de folie, impulsion irrésistible, parce qu'il n'en pouvait plus. Parce qu'il avait besoin de revoir sa façon de vivre à elle, Hilde unique. Il avait besoin de vérifier ses souvenirs. Il est venu pour passer une heure avec elle, pour déjeuner avec elle, pour la voir, pour rien, pour l'honneur, pour le plaisir... et parce que je suis fou, tu me crois? Fou...

Heureusement le garçon vient interrompre leur émotion et tous deux, d'une seule voix commandent :

– *Griesznockerlsuppe!* – et éclatent de rire.

C'est bon aussi de rire ensemble.

– A quoi penses-tu?

Elle ne dit rien mais il hoche la tête. Lui aussi il y pense. Il voudrait prendre sa main dans la sienne mais peut-être qu'ici on ne peut pas? Alors c'est elle qui va doucement vers lui sur la nappe. et de nouveau ils sont si bouleversés qu'ils ne peuvent plus parler.

Etre ensemble. Se regarder, lever son verre l'un en face de l'autre, manger, fermer les yeux une seconde, les rouvrir et que l'autre soit encore là! Pas pour longtemps, bien sûr, mais chaque seconde de prise est une éternité en soi.

– Je suis venu aujourd'hui, dit Bertrand, pour avoir le droit de revenir...

Bien sûr, il est déchirant de se quitter après la tasse de café que l'on fait traîner, mais il y aura d'autres rencontres... Il faudra aussi parler du check-up mais rien ne presse puisque tout va bien. C'est elle qui part la première. Ils ont le sourire. Courageux. Il a encore un peu de temps avant son avion et il reste devant un alcool et il rêve. A cette rencontre blanche, à cette réunion mystique.

Au chalet dans la neige des lendemains.

Il était 18 h 10 quand Bertrand franchit la porte de verre de ses bureaux.

La stupeur peinte sur son visage, le planton se leva de son siège et le salua. Une des grandes bringues bien lissées de Sémiette s'immobilisa, bouche ouverte, au milieu du hall. Un jeune ingénieur qui sortait du bureau de Durieu vint lui serrer la main avec effusion comme si Septembre Noir venait de le rendre aux siens après un enlèvement de six mois. Bertrand, exaspéré, entra chez lui, désinvolte et nerveux, prêt à la bagarre.

– Ah!!!

Sémiette l'accueillit avec un cri de musaraigne et lâcha brusquement le téléphone. Elle se précipita vers lui, volubile :

– Ah! Monsieur! Vous voilà! J'étais dans une inquiétude! Toute la journée je vous ai cherché! Mme Lorin-Vallée était sortie, personne n'a pu me donner le moindre renseignement chez vous, j'ai cru d'abord que je m'étais trompée de jour, mais quand le président Lafarge a fait téléphoner du Grand Vefour pour me signaler qu'à 2 heures vous n'étiez pas arrivé, j'ai eu vraiment peur, monsieur! Avec tout ce qui se passe en ce moment! Et Ambroise qu'on n'a pas pu joindre! Alors, juste à l'instant, j'allais...

– Mademoiselle Sémiette, dit Bertrand doucement, ne vous fatiguez pas, j'étais parti déjeuner en Suisse avec ma maîtresse.

Elle est suffoquée, Mlle Sémiette. Elle n'a jamais entendu une chose pareille. Puis elle se reprend et sourit avec complaisance, le patron plaisante, plaisantons avec lui, il finira bien par expliquer pourquoi il n'est pas venu au bureau aujourd'hui.

– Vous ne me croyez pas? demande Bertrand que ce sourire tranquille agace. – Vous avez tort. Tenez, voilà mon billet d'avion. C'est pas vrai, ça?

Et il jette l'enveloppe de son aller et retour sur la table devant Sémiette qui ne sourit plus.

A la maison, une bonne surprise l'attend. Colette, qui porte cette robe longue décontractée de jersey qu'il aime tant, Colette est en train d'allumer des bougies sur la table où sont dressés deux couverts. Pantoufles, télé, journal, dodo... le paradis!

– Ah! te voilà? Ben tu es vivant, on dirait! Il paraît que ta Sémiette t'a cherché toute la journée en hurlant à la mort. Elle devient gâteuse avec l'âge, la pauvre chérie. Sylvie est sortie, Mademoiselle et les enfants ont dîné; on est tout seuls. On va vite se mettre à table, j'ai promis à Kiki qu'on irait faire un bridge chez eux.

– Ce soir!!!

Bertrand vacille. Adieu pantoufles, télé, dodo... C'est reparti!

– Ce soir? répète Colette, eh bien, oui, ce soir. Marinette, vous pouvez servir.

– Je n'irai pas, dit Bertrand. Je suis fatigué.

Il n'a pas encore retiré son pardessus et il a l'air, en vérité, très fatigué. Marinette s'en rend compte et marque un temps d'arrêt dans sa marche vers la table, le premier plat à la main.

– Fatigué? dit Colette. Mais c'est très ennuyeux. Ça va lui flanquer sa soirée par terre... Tu as mangé quelque chose de mauvais à midi?

– Non, dit Bertrand qui a quitté son pardessus, s'est assis à table et passe une main sur son visage las. Non, ça n'a rien à voir avec ce que j'ai pu manger. Je suis crevé, c'est tout. Crevé!

La désolation se lit sur le visage de Marinette. C'est vrai qu'il n'a pas bonne mine! Et Madame qui ne se rend compte de rien, qui mange en silence, sans le regarder, comme si elle était fâchée! C'est quand même lui qui travaille, moi je vois bien qu'il n'en peut plus... tiens, j'aime mieux aller dans ma cuisine, je risquerais de m'en mêler.

Marinette est sortie. Silence, Bertrand repousse son assiette et dit :

– Je me sens vieillir.

Alors là, Colette éclate franchement de rire :

– Vieillir? TOI, tu me fais hurler de rire! Mais mon chéri, tu es plus jeune que quand je t'ai connu! Tu es plus beau, tu es plus mince, tu es plus...

– Vieux!

– Vieux? Moi aussi alors je suis vieille!

– C'est pas pareil.

Elle hausse les épaules.

– T'as jamais aussi bien baisé!

Ça, je ne peux pas, je ne peux pas, je n'ai jamais pu supporter! Cette brutalité, cette vulgarité que se payent les femmes du monde! Ces énormités qu'elles peuvent vous sortir à froid! Comme si elles avaient tous les droits! La certitude de l'impunité!

– Bon, alors rien à faire : tu me laisses tomber? demande Colette avec bonne humeur. Ben, chéri, ne me regarde pas comme ça! Je ne t'ai rien fait! Tu ne manges pas?

– Non.

– Tu ne viens pas chez Kiki?

– Non.

Elle réfléchit, se ressert de haricots verts et décide :

– Je vais y aller quand même et, si on ne peut pas faire un bridge, on ira au cinéma... Tu n'as pas envie d'aller au cinéma?

– Non! cria Bertrand qui ajouta, maussade : j'ai envie de me coucher.

Et puis, naturellement, quand elle fut partie, il n'eut plus envie d'aller au lit. Elle lui avait gâché sa soirée. Il avait passé son pyjama, sa robe de chambre, tripoté la télé, ouvert une revue... Désemparé, il bâilla au milieu du salon, regarda autour de lui comme si un compagnon de jeux miraculeux avait pu tomber du ciel et lui faire un clin d'œil...

Il alla entrouvrir la porte de la chambre des

garçons. Tout doucement pour ne pas se faire pincer par Mademoiselle. D'ailleurs si elle m'emmerde ce soir, celle-là, je la tue. Froidement.

Dans le noir une petite voix murmura :

– Papa...

– Vous ne dormez pas! dit-il ravi et à voix basse en entrant à pas de velours.

– Nicolas dort, dit Pascal en se redressant dans son lit. Mais moi, j'ai une insomnie.

– Vrai? demanda Bertrand qui allait déjà mieux.

Il jeta un regard sur le lit de Nicolas et vit battre les cils sous lesquels se cachait un œil hypocrite et bien réveillé.

– Toi aussi, il faut dormir, dit Bertrand en s'asseyant sur le lit de Pascal.

Pascal lui prit la main. Il était chaud comme un petit lièvre dans son nid.

– C'était très beau à la chapelle, lui dit son père.

– T'as trouvé aussi?

Ils se turent mais Bertrand sentait chez l'enfant une grosse envie, un gros besoin de parler. Il fallait attendre. Ne rien brusquer. Rester main dans la main...

– Tu sais, papa... Justin?

– Justin?

– Justin de Bernis! mon meilleur ami...

– Ah oui, je me souviens très bien, un petit garçon qui joue de la flûte. Qu'est-ce qui lui arrive à Justin?

– Il quitte le collège pour toujours, dit Pascal d'une voix qui tremblait.

– Mais pourquoi?

– Divorce...

Pascal n'en dit pas plus et serre plus fort la main de son père. Bertrand ne sait que faire. Nicolas se redresse dans le lit voisin et dit d'une voix étonnée, incrédule :

– Son papa et sa maman s'aiment plus...

C'est pitoyable ce gros chagrin pour ces petits garçons. On a l'impression qu'ils essaient de soulever d'énormes poids qui vont les broyer.

– C'est triste, dit Pascal.

– Très triste, dit Bertrand.

Bruit soyeux, inhabituel, tendre. La journée commence avec une douceur inaccoutumée. Les rideaux glissent sans bruit sous la main de Marinette et le jour entre, plus clair, plus gai.

– Bonjour, monsieur, j'ai frappé mais Monsieur dormait.

– Bonjour, Marinette. Où est Madame?

– Madame est sortie de bonne heure, monsieur. Elle m'a dit de ne réveiller Monsieur qu'à 9 heures et...

– 9 heures!

– Oui, monsieur. Madame a téléphoné à Mlle Sémiette pour décaler tous les rendez-vous.

Stupéfait, Bertrand suit Marinette des yeux. Elle prend le plateau sur la coiffeuse, le pose sur ses genoux et reste là, devant le lit, le regardant avec tendresse. 9 heures... il ne comprend pas bien ce qui se passe. Il commence à déjeuner, elle ne bouge pas.

– Ça va mieux? demanda-t-elle affectueusement.

– Quoi?

– Monsieur se sent mieux qu'hier soir?

– Mais oui, merci, Marinette, dit-il, gêné par tant de sollicitude.

– Oh! tant mieux! s'écrie Marinette avant de sortir sur la pointe des pieds.

Mais qu'est-ce qu'elle a? Il ne comprend pas. Mais qu'est-ce qu'elles ont? se demande-t-il quand Sémiette l'accueille au bureau avec un sourire de

Vierge à l'enfant. Elle est pleine de prévenances, elle se précipite au moindre appel, le regarde, l'écoute, se rend utile avec dévotion, le couve, l'approuve, l'admire, l'encense, le vénère, bref l'adore. Il se rend compte que tout le monde a soudain une nouvelle attitude avec lui. Tout d'un coup les autres tiennent compte de son humeur, le guettent, le suivent, modèlent leur comportement sur le sien. Tout d'un coup il existe en tant qu'être vivant en perpétuelle modification et non pas en tant qu'institution inébranlable. Il cesse d'être l'immuable Lorin-Vallée pour devenir l'insaisissable, l'inconnu, l'inquiétant Bertrand. Il trouve ça très agréable. Voluptueux, même. Il ne suffisait donc, pour exister, que de franchir la ligne de la Raison, que de faire ce qui lui plaisait? Que n'y a-t-il pensé plus tôt? Que de temps perdu! Rattrapons-le! Les rendez-vous et les besognes de la journée se succèdent avec le nouvel éclairage que la situation leur donne. Tout devient plus amusant. Plus excitant. Et Bertrand va au bout de tout ce qu'il a à faire, le fait bien, le fait mieuxque d'habitude, même. Et cesse de trop penser aux autres, aux habitudes, au qu'en-dira-t-on et au ça-s'est-toujours-fait.

IL EST.

Alors, il décide de filer le dernier rendez-vous à Jussaume. Et tout le monde trouve que c'est une bonne idée.

Alors il décide de téléphoner à Hilde et l'appelle de son bureau et l'entend et c'est merveilleux!

– Est-ce que tu pourrais passer deux, trois jours avec moi à Rome?

– A Rome! Mais je ne connais pas, tu sais!

– Justement, ça ne peut pas durer. Alors?

– Rome! je suis bouleversée, Bertrand...

– Tant mieux, on en reparlera.

Alors il rentre chez lui de bonne humeur, vainqueur. Et plus tôt que d'habitude. Et il sifflote dans l'entrée en accrochant son pardessus, il sifflote en traversant l'appartement, il sifflote en entrant dans la chambre où Colette est en train de se recoiffer devant la glace. Ils échangent un « bonsoir chéri! » un peu factice mais gentil et, tandis qu'il vide ses poches et regarde le courrier, elle se retourne et jette sur le lit une grosse enveloppe bleu marine soutachée de blanc :

– Tiens, c'est pour toi!

Surpris, Bertrand ramasse l'enveloppe, l'ouvre. Un grand bateau blanc, très beau. Et, agrafé derrière, un billet : deux passages pour une croisière.

D'abord, il ne comprend pas très bien et son visage reste neutre. Il lit posément : Mermoz, les Caraïbes... Puis il comprend et se rassemble. On vient sur son territoire à lui, on empiète. Danger.

– Qu'est-ce que c'est que ça? demande-t-il sans aménité.

– Une cabine pour trois semaines aux Caraïbes, tu as bien lu!

– Trois semaines aux Caraïbes... Mais pour qui?

Colette hausse les épaules, qu'est-ce qu'il est fatigant! Mais elle n'est pas inquiète, elle le connaît, il aime bien se faire préciser les choses. Précisons donc!

– Trois semaines aux Caraïbes, pour toi et moi.

Bertrand regarde les billets qu'il a dans la main et dit doucement mais nettement :

– Non.

Cette fois, Colette commence à être agacée :

– Comment : non! C'est pas toi qui m'as dit pas plus loin qu'hier soir que tu étais crevé, que tu étais vieux, que tu n'en pouvais plus?

Et, comme Bertrand acquiesce à tout ce qu'elle dit, elle continue :

– Et maintenant tu ne veux pas partir!

– Je ne veux pas partir AVEC TOI, précise-t-il.

Depuis qu'ils se connaissent, c'est la première flèche qui atteint Colette. Mais elle l'atteint bien. Elle reste immobile en face de lui, avec une empourpration de la gorge comme seule marque d'émoi. Puis elle répète très lentement, comme si elle voulait se persuader du sens des phrases : « Tu ne veux pas partir avec moi... »

– C'est ça! dit Bertrand, extrêmement courtois.

– Alors, tu as envie de partir avec quelqu'un d'autre?

– Là n'est pas la question!

– Je te demande pardon, pour moi si!

– Je ne veux pas que tu décides tout pour moi!

Colette, sincèrement ahurie, ouvre de grands yeux :

– Moi! Je décide tout pour toi?

– Exemple la croisière!

– Il faudrait savoir ce que tu veux! tu dis que tu n'en peux plus, je m'inquiète, je prends la peine de...

– ... de décider que je pouvais quitter le bureau en plein hiver, avec le contrat japonais qui n'est pas signé, avec les conférences qui commencent, avec les conseils d'administration, avec Rome qui...

– J'ai tout arrangé avec Sémiette!

– Voilà! Tu as tout arrangé! Une fois de plus! Avec Sémiette! Je ne peux plus pisser sans votre accord!

– Tu es distingué!

– Je m'en fous!

– Mais qu'est-ce que tu as?

– Je veux pisser tout seul!

Il est passé dans la salle de bains, il a refermé la porte à clé. Colette l'entend ouvrir les robinets de la baignoire, bousculer une chaise, renverser des objets... Elle ramasse l'enveloppe bleu marine, la photo du bateau, les billets, elle range tout ça, sans hâte, doucement. Elle est toujours très rouge.

Bertrand sort de son bain et cherche son image dans la glace. Mais les miroirs sont couverts de buée et ne réfléchissent plus que des ombres vagues. Il est resté longtemps dans l'eau chaude, il y a ramolli sa rage. C'était nécessaire. Il est plus souple, plus détendu. Il est embêté aussi. Il passe une robe de chambre en tissu éponge, glisse ses pieds dans des mules puis il entre dans la chambre et dit :

– Tu comprends...

Mais Colette n'est plus là et il reste sur le seuil, décontenancé, surpris, avec son envie de parler. L'enveloppe bleu marine a disparu. Il dit :

– Colette!

Et en disant « Colette » il pense qu'il prononce rarement le nom de sa femme. Alors il crie plus fort :

– Colette! brusquement inquiet.

Il ouvre la porte du couloir qu'il traverse en courant presque, aperçoit Marinette qui ferme les doubles rideaux :

– Où est Madame?

– Madame s'en va, monsieur, dit Marinette avec un calme qui le sidère.

– Madame s'en va? répète-t-il, ahuri.

– Oui, c'est idiot, dit Colette en entrant, joyeuse, active, prête à sortir avec son manteau de cuir, ses bottes, un grand fourre-tout à la main, c'est idiot, figure-toi que j'avais complètement oublié mon rendez-vous de demain matin avec les maçons à Bréchamp!

Bertrand reste tout bête devant elle, conscient du courage avec lequel elle crâne en public.

– 7 h 30! Tu te rends compte. Je préfère dix fois dormir là-bas! C'est la barbe mais ça vaut le coup de les secouer si on veut avoir un beau barbecue cet été!

– Pars après le dîner..., propose-t-il faiblement.

– Non, je veux parler avec les Lafont avant qu'ils soient couchés et comme ils vont au lit avec leurs poules!... Bye, mon chéri!

Il n'insiste pas et reçoit un baiser pressé sur le coin d'une joue. Il insisterait si Marinette n'était pas dans la pièce. Mais il ne veut pas que le savant et fragile édifice de la comédie de Colette se brise en public. On ne peut pas tout lui faire le même soir.

Elle est partie.

Il reste au milieu du salon, bras ballants, il regarde ses pieds nus dans ses mules, comme s'il ne les connaissait pas; Marinette glisse autour de lui comme un petit navire silencieux, allume les lampes, vide les cendriers, ramasse et tapote un coussin tombé...

– Comment vous me trouvez?

Sylvie entre, toute neuve, parfumée, ravissante, un chemisier de mousseline pailletée flotte autour de sa taille mince, elle tient un bracelet à la main et son pantalon de soie noire soupire à chaque pas.

– Vous êtes extra! déclara Marinette avec enthousiasme.

– Sûr? quand je quitte mon jean j'ai l'impression que tout le monde va rigoler...

– Extra! répète Marinette qui boutonne la blouse dans le dos.

– Tu sors? demande Bertrand avec une brusque angoisse à cette inconnue qui a soudain l'air d'être une femme et qui est sa fille.

– Déguisée comme ça, y a des chances! dit-elle en l'embrassant. Pourquoi, t'es tout seul, mon chéri?

– Oui.

– Oh! c'est bête... si j'avais su... Je suis désolée,

dit-elle en agrafant son bracelet. Puis brusquement : qu'est-ce que tu fais demain soir?

– ...

– Cherche pas : tu dînes avec moi! Et attention, pas ici, au bistrot! et c'est moi qui paye! D'accord? T'es content?

– Très content.

Elle est partie, elle aussi, et il est toujours debout au milieu du salon, lugubre.

– Je peux servir, monsieur?

– Oui, oui, Marinette.

Il va dans la salle à manger et regarde ce couvert solitaire, exilé, puni, au bout de la grande table.

Marinette l'a rejoint, elle tient une corbeille de pain dans la main, elle aussi regarde le couvert, puis elle lève les yeux sur son patron et ils échangent un sourire.

– Les enfants ont dîné?

– Ils commencent, monsieur.

– Alors, je dîne avec eux!

Il prend son assiette, sa serviette, son verre et se précipite, suivi de Marinette qui ramasse le reste, vers la petite salle à manger où les enfants et Mademoiselle sont en train de manger leur potage.

– Qui veut de moi? s'écrie-t-il en entrant.

Explosion de joie des gamins, sourire un peu contraint de Mademoiselle qui aime l'ordre, les bonnes manières et que les jambes nues de Bertrand – Mon Dieu, ces grands poils! – son air d'homme au repos, gênent, et troublent aussi.

Bertrand s'installe au milieu d'eux et soudain il a le même âge que ses fils. Ils sont trois petits garçons... seul diffère le moment de la vie.

– Mes garçons que je ne vois jamais! murmure-t-il, attendri, en passant la main dans la crinières bien tenues. Et il ajoute, poli : vous voulez bien de moi, Mademoiselle?

– Monsieur! roucoule Mademoiselle en piquant un fard.

Bertrand est de nouveau bien. Il demande :

– Qu'est-ce qu'on a pour dîner, Marinette?

– Potage aux légumes, haddock fumé, compote de pommes.

– Encore!!! gémissent douloureusement les gamins.

Mademoiselle les tance en anglais :

– *Don't make a fuss! You are lucky, boys, to have such good apples!*

Encore un petit effort et on va se retrouver en train de chanter Brother Jackson! Elle est vraiment stupide, la pauvre chérie, ce n'est pas une femme, c'est la Convention. Et puis, en plus, il me semble qu'elle fait des fautes...

– J'en veux plus des pommes! dit Nicolas.

– *Apples!*

– *Apples,* j'en veux plus!

– Moi non plus! renchérit Pascal.

Bertrand vient à leur secours :

– Il faut dire que cette année les pommes de Bréchamp semblent être inépuisables. Inusables! *Unbelievable!*... Marinette, il y a du champagne au frais?

– Bien sûr, monsieur.

– Alors, champagne!

– Hurrah! crient les gamins.

– *No champagne for you,* précise Mademoiselle très nette.

– Oh! gémissent-ils.

– Oh! Mademoiselle, insiste Bertrand, juste une petite goutte...

– On ne donne pas de champagne aux enfants, monsieur.

– Mais ce ne sont plus des enfants, Mademoiselle!

Bravo, gagné, ça y est, elle fait la gueule! Qu'est-ce

que j'ai dit là! Elle ne le sait que trop bien que ce ne sont plus des enfants! On le lui rappelle tout le temps, elle sait bien qu'on n'a plus besoin d'elle... Elle prend un air de martyre :

– Dans ce cas..., dit-elle.

– Champagne, Marinette!

– Une demi! demande Marinette raisonnable.

– Une demi? s'écrie Bertrand scandalisé. Une demi, ça n'existe pas! Une vraie bouteille, Marinette! Et si vous trouvez sur votre chemin des petites choses amusantes, vous les apportez!

Il se tourne vers les gamins :

– Ça va?

– Oui, papa!

– Et vous, Mademoiselle, ça va?

– Oui, monsieur, répond-elle timidement.

Il la regarde. Mademoiselle, Mademoiselle qui n'a pas vécu... et pourtant elle a été une jeune fille, elle a vu, comme tout le monde, la vie qui s'ouvrait devant elle...

Il la regarde en silence et brusquement :

– Mademoiselle, je voudrais vous demander quelque chose : quel est votre prénom?

Elle a rougi. Son prénom, elle ne s'attendait pas à ça, son prénom, mon Dieu, c'est tout simple, monsieur :

– Geneviève.

Geneviève, c'est très beau, le nom coule de ses lèvres doucement, comme du miel. Geneviève, c'est émouvant comme une chevelure dénouée. Geneviève... la petite fille qu'elle a été. Geneviève de tous les espoirs...

– Voilà le champagne!

Les enfants tremblent de plaisir comme tous les enfants bien élevés à qui l'on apprend que la joie est une chose exceptionnelle. Le bouchon fait plaff! et ils tendent leurs verres.

– Une goutte! rien qu'une goutte! dit Bertrand en les servant à peine, mais ils sont si heureux.

– Mademoiselle?

– Oh! non, monsieur, merci, je ne bois jamais de champagne!

– Vraiment?

– Vraiment, monsieur!

– Je vous crois, dit-il. Mais si Mademoiselle ne boit jamais de champagne, vous me permettez d'en offrir à Geneviève?

Elle a un rire très frais, très jeune et, prenant Marinette à témoin de sa faiblesse, elle tend son verre.

– Mais alors rien qu'une goutte!

Il la sert et se tourne vers Marinette :

– Votre verre.

Marinette éclate de rire. Du champagne? Mais alors une goutte, une vraie goutte, rien qu'une goutte!

– Décidément! dit Bertrand qui annonce : mais pour moi... beaucoup! – ce qui met les enfants en joie. Papa est un vrai homme!

Maintenant tout le monde est servi et personne n'a encore osé boire. Marinette tient son verre et le regarde, debout derrière la table. Mademoiselle attend que Monsieur donne l'exemple. Nicolas, qui veut que la fête soit complète, dit :

– A quoi on boit?

– Mais oui, c'est vrai ça! A quoi on boit? répète Bertrand.

– A maman! dit Pascal.

– C'est une très gentille idée, dit Bertrand. A maman.

Et ils boivent tous très lentement dans un silence devenu brusquement épais.

Dans le lit où il est seul, Bertrand n'arrive pas à

dormir. Il s'étale en travers, bouge, remue, soupire. Il regarde l'heure à la pendulette lumineuse. Allume, se redresse brusquement et s'empare du téléphone. Le 19, petite musique qui ouvre sur l'étranger, le 41, chiffre clef de la Suisse, puis le numéro qu'il sait déjà par cœur... il suit le trajet sonore et léger qui cherche la cible à travers l'espace, se rapproche, s'accroche.

Ça sonne.

Et, miracle, Hilde répond!

– Allô, Hilde, c'est toi...

Oui, c'est bien la voix de Hilde mais quelque chose le désarçonne, le glace. C'est la voix de Hilde sur répondeur automatique. Et il ne comprend pas, bien sûr, puisqu'elle parle allemand. Il laisse le message aller au bout de sa course. Ça doit vouloir dire que Frau Doktor n'est pas là et que, si on veut la joindre, on peut appeler à tel numéro que voici... Il n'ose même pas laisser de message. Il raccroche, déçu.

Sur la table de chevet, dans un cadre de vermeil, Colette le regarde souriante.

Il éteint. Soupire. S'agite. Rallume. Et prend son paquet de cigarettes.

Elle est de garde. Allongée sur son petit lit de la clinique, elle ne dort pas. Pensive, elle fume.

Elle n'a pas fermé les volets. Sous la lune, par la fenêtre, elle voit, au bout de la pelouse, les grands arbres de Bréchamp, amaigris par l'hiver. Elle ne dort pas. Pensive, elle fume.

★

Dans la pénombre du matin, Bertrand entend frapper doucement et voit sa porte s'entrouvrir. Marinette entre avec le plateau du petit déjeuner qu'elle va poser délicatement sur la coiffeuse. Elle marche vers les rideaux, petite souris guettée par son regard, et les ouvre sans bruit. Comme sa main est légère, tendre avec les choses... Elle se retourne, sérieuse, voit Bertrand qui l'observe, les yeux grands ouverts, et pousse un cri.

– Monsieur m'a fait peur!

– Allons bon! dit-il amusé, si ça vous fait peur de me voir dans mon lit le matin!

– C'est pas ça! explique-t-elle. C'est les yeux de Monsieur! D'habitude ils sont fermés et là, ils sont ouverts, alors ça m'a fait peur! et elle est prise d'un fou rire si joyeux que ça fait du bien de l'entendre.

– Marinette, dit Bertrand, grave tout à coup, vous avez une bonne nature.

Elle cesse de rire et répond, simple :

– Je crois, monsieur...

Dans le silence de la chambre on entend voler les pensées... Bertrand se secoue :

– ... Vous voulez me passer ma robe de chambre, s'il vous plaît?

Rapide, elle s'est précipitée avant même la fin de la demande et elle pose la robe de chambre sur les épaules de Bertrand. Et, sans l'avoir voulu, leurs mains se touchent et leurs yeux se rencontrent. Rencontre aiguë. Effraction soudaine de mystères. Comme le cœur peut battre fort parfois! Elle est totalement ouverte à lui. D'autant plus totalement que c'était sans la moindre préméditation. Le petit déjeuner n'est pas sur le lit mais sur la coiffeuse, rien ne les gêne. Il sent l'odeur un peu forte de ses aisselles... tiens, c'est vrai, elle a parfois une odeur un peu forte en servant... une odeur qui n'est pas agréable. Mais là, c'est très bien. Il faut parfois que le monde se renverse... Sa bouche charnue est entrouverte et une bulle de salive plate et brillante s'étale sur une dent, reliant ses lèvres disjointes. Il se sent bouger sous le drap. Il va peut-être se passer quelque chose... Une chose très brève et très bonne. Repousser doucement le drap et alors ou bien elle laissera glisser sa bouche vers lui, ou bien... et s'il l'emmenait dans la salle de bains? La pencher légèrement au-dessus du lavabo, tout habillée et... il vit tout cela l'espace d'un instant puis la raison reprend le dessus. Il se conduit bien, comme on dit. Il rend sa liberté à la main de Marinette mais d'une tendre pression fraternelle, complice, un peu triste.

Est-ce que c'est raisonnable d'être raisonnable? Il aurait peut-être mieux valu laisser partir cette fulgurante fusée absinthe, ce cri intérieur, cette salve... Mais trop tard, la fragile bulle de salive est rompue, Marinette toute moite mais discrète est repartie, le petit déjeuner est posé sur le lit, tout rentre dans l'ordre. Tout au moins dans l'ordre géométrique d'une journée habituelle. Beurrer ses toasts, verser le lait, le thé..., oublier, annuler cette érection, admirer Marinette qui poursuit calmement, gentiment sa ronde habituelle. Et, une fois la porte refermée sur elle, saluer l'ordre retrouvé.

Mais quel désordre au fond de soi, quelles questions sans réponses? Essentielles... et comme il a du mal à les formuler ces questions. Pourquoi tout ça? Marinette est chez eux depuis plus de deux ans. Il ne s'est jamais rien passé d'analogue. Jamais. Cette étincelle de désir partagé, d'où vient-elle? Qu'est-ce qui m'arrive? Tout a changé depuis Hilde. Mais en bien, n'est-ce pas, en bien? Je ne sais plus... Depuis Hilde, les femmes me voient, me sentent, me reconnaissent. Et moi? De quoi ai-je envie? De liberté? D'amour? De licence? Qu'est-ce qui m'arrive?

Hilde, il faut que tu sois unique. Je n'ai pas besoin de femmes, j'ai besoin de toi.

Sémiette est debout comme un phare clignotant, auprès de Bertrand qui finit une conversation avec Londres. Elle a envie de parler, elle frétille, elle n'en peut plus et, dès qu'il a raccroché, elle s'écrie, lyrique :

– Quel beau voyage vous allez faire, monsieur!

– Quel voyage? demande-t-il, glacial, au-dessus de ses lunettes d'écaille, alors qu'il sait parfaitement de quoi il est question.

– Cette belle croisière que vous allez faire aux Caraïbes avec Mad...

Il l'interrompt sèchement :

– Nous ne partons pas, mademoiselle Sémiette.

Stupeur absolue de Sémiette. Elle voudrait – mais va savoir pourquoi? décidément je ne comprendrai jamais rien aux femmes – elle voudrait que ce voyage ait lieu. Peut-être parce que c'est l'un des multiples cocons tissés par sa sollicitude autour de son patron. Elle ne peut s'empêcher de montrer son désappointement :

– Quel dommage, monsieur! Nous avions si bien combiné toutes les deux pour que la croisière ait lieu à un moment où ça ne gênait en rien le calendrier et...

– Oui, mais ça me gênait moi et puis, mademoiselle Sémiette, je profite de l'occasion pour vous demander de ne plus rien combiner sans m'en aviser. Merci.

Silence. Elle est vexée. Elle n'a jamais été vexée comme ça. Il écrit, sans s'occuper d'elle. Elle reste plantée, au bord des larmes. Il le sent sans la regarder et, sans lever la tête, il dit :

– Appelez chez moi, s'il vous plaît.

– Bien, monsieur.

Il continue à écrire tandis qu'elle demande la communication, l'obtient et lui passe le combiné en faisant toujours sa gueule immolée.

– Merci. Allô, Marinette? Passez-moi Madame, je vous prie... Madame n'est pas là? Mais il est quelle heure?

Une voix sépulcrale, Sémiette :

– 13 h 17.

– ... bien, je vous remercie, Marinette.

Il raccroche, un peu ennuyé. Regarde son agenda :

– C'est bien aujourd'hui que je déjeune avec Marchant?

– Oui, monsieur, confirme Sémiette encore lourde de reproche.

Bertrand jette un coup d'œil à la fenêtre. Il fait un beau temps sec.

– Bon. Je vais aller à pied jusque chez Lasserre. Ça me fera respirer. A tout à l'heure, mademoiselle.

Elle le salue, triste, raide, correcte.

Quand il est sorti, elle hausse les épaules. Il ne veut pas partir se reposer? Va savoir pourquoi? Décidément, je ne comprendrai jamais rien aux hommes.

Il lit et relit, biffe et corrige. Pas commode, ce contrat avec les Japonais. Il faut faire attention... Quelle heure est-il? C'est la nuit... 5 h 10, seulement? Il appuie sur un bouton de l'interphone et demande :

– Ma femme, s'il vous plaît!

Il crayonne un peu, absent. La lumière rouge s'allume sur son bureau et il décroche, vif :

– Allô, chérie!... ah! c'est vous, Marinette, vous voulez me passer Madame... ah bon... je vous remercie...

Il repose lentement le combiné et regarde le projet de contrat sans le voir. On frappe, c'est Sémiette qui entre avec le courrier. Toujours pincée.

– Le courrier, monsieur.

– Merci.

– A propos du symposium de Rome, monsieur...

– Oui?

– Je retiens toujours le même appartement au Hassler? Je me permets de demander ça, monsieur, pour être sûre qu'il n'y ait aucun malentendu et que...

Mais Bertrand n'écoute pas les doléances de sa secrétaire. Une idée lui est venue en entendant parler du voyage à Rome.

– C'est quand, Rome? demande-t-il.

– Lundi, mardi et mercredi prochains, monsieur.

– Appelez-moi Ambroise, voulez-vous, je descends! dit-il après un temps de réflexion très lourd.

Il se lève, décidé, fiévreux, pas gai, il ferme son stylo, range ses dossiers dans son tiroir, donne un tour de clef.

– Mais la commission des représentants à 18 heures? s'affole Sémiette.

– Fachoux s'en occupera très bien!

– Fachoux! s'écrie-t-elle, scandalisée. Puis elle baisse les yeux, matée et soupire : bien, monsieur, avant d'appeler le chauffeur par l'interphone.

– C'est plus rigolo l'été! dit joyeusement Ambroise en entrant dans la propriété.

C'est vrai. L'arrivée à Bréchamp est sinistre. Le vent a épluché les arbres de leurs dernières feuilles, un tapis mouillé, rouillé, pourrissant, couvre l'allée.

Une lumière unique, dans la maison, signale une présence humaine. Et aussi la petite voiture blanche de Colette, garée sous l'auvent voisin du portail.

Bertrand sourit en voyant la voiture.

– Madame il est là! dit Ambroise.

Oui, Madame il est là, tout va bien, demain matin ils rentreront à Paris avec la petite voiture, Ambroise peut repartir.

Il regarde son patron qui avance doucement dans l'allée comme s'il allait cambrioler la maison. Ça le fait rire. Il espère que Madame ne va pas lui donner un coup de fusil. Ça le fait rire et puis ça l'embête. C'est qu'elle ne loupe jamais rien, Madame, à la chasse... Il ne démarre pas tout de suite, surveillant la progression de Bertrand, un peu inquiet, derrière son volant, guettant malgré lui un coup de feu, un cri.

Mais, comme tout reste calme, il se rassure, fait demi-tour et s'en va.

– Donne-moi un ti bô, deux ti bôs, trois ti bôs, doudou! chante-t-il, plein de sympathie. T'inquiète pas, Ambroise, y vont pas se donner des coups de fusil!

Et, ses phares détournés, le paysage reste livré à la nuit.

Par la baie vitrée, Bertrand regarde dans la maison. Un grand feu flambe dans la cheminée sur laquelle est placée une lampe. Il n'y a pas d'autre lumière et le reste de la pièce a l'air de flotter dans la pénombre. Avec un sourire un peu ému il voit Colette assise devant le feu sur un tout petit banc de bois. Bras autour des genoux, elle fume, pensive, triste. Colette inhabituelle ne préparant rien, ne se préparant à rien. Colette flottant pour la première fois dans sa vie sur les eaux amères du doute.

Il rentre doucement et elle ne bouge pas. Il

faudrait quand même qu'elle comprenne, cette folle, qu'on ne reste pas seule, la nuit, dans une maison ouverte.

– Colette..., dit-il du fond de la pièce pour ne pas l'effrayer.

L'effrayer? Elle se tourne vers lui avec le calme de ceux qui ont un bel équilibre biologique.

– Toi, dit-elle simplement.

Il vient vers elle en souriant, un peu timide, charmant, un peu confus. Elle a le temps de le regarder entre la porte et la cheminée, la pièce est grande. Il ne lit rien sur son visage, elle a l'air calme, indifférente. Et pourtant ça hurle au fond d'elle, ça se déchire et ça fait mal comme elle ne pensait pas qu'on pouvait avoir mal. Elle a envie de se jeter dans ses bras, de se jeter dans le feu, de se mettre à crier...

Il arrive près de la cheminée, quitte son manteau, l'abandonne sur un canapé. Puis il s'assied près d'elle, dans un profond fauteuil, et tous deux regardent le feu.

– Alors, ce barbecue? demande-t-il. Il sera beau?

– Je crois, dit-elle sobrement sans quitter les flammes des yeux.

Le silence s'installe. Il va bien falloir quand même qu'il lui dise ce pour quoi il est venu. A quoi bon gagner du temps? Il finira bien par le lui dire.

Et il le dit.

– Tu sais que je pars à Rome pour trois jours, la semaine prochaine.

Elle acquiesce de la tête sans le regarder, il poursuit :

– ... J'aimerais que tu m'accompagnes...

Alors elle lève la tête brusquement avec les yeux soudain brillants de larmes et de surprise.

– ... C'est pour ça que je suis venu, dit-il. Tu veux bien aller à Rome avec moi?

– Bien sûr!

Elle tend la main vers lui et a un petit sanglot étouffé. Il lui serre la main, entoure ses épaules d'un bras et ils restent devant le feu, immobiles, enlacés.

Colette pleure... Si elle savait à quel point il a mal. On devrait pouvoir tout dire à sa femme. A qui se confier sinon à l'être qui vous est le plus proche? J'ai mal, Colette... Mais il ne le lui dira pas. Jamais. Un jour, peut-être, dans très longtemps, quand l'âge aura eu raison d'eux...

Elle pleure toujours, sans bruit, sans hoquets, avec le sourire.

– J'ai renvoyé Ambroise, dit-il en l'embrassant dans les cheveux. C'est toi qui me ramèneras demain matin.

Elle a un brusque frisson.

– Qu'est-ce que tu as? s'inquiète-t-il.

– Je ne sais pas... Elle pose timidement sa main sur lui : ça va?

– Ça va.

Ils se regardent. Il regarde une larme qui coule, détachée de tout, sur la joue de Colette. Il reconnaît sa femme et pourtant quelque chose vient de la modifier. Quelque chose de profond. La peur, peut-être? Mais quelle peur?

Si elle avait besoin de lui? Si, tout d'un coup, elle cessait d'être celle qui sait pour devenir celle qui espère?

– On est bien ici..., dit-il doucement.

Elle se penche vers le feu, remue quelque chose dans les cendres. Des pommes de terre.

– Tu faisais cuire des pommes de terre?

Elle fait « oui », en larmes, sans voix.

– Tu m'en donnes?

Elle éclate en sanglots et se jette contre lui.

– Tu veux pas m'en donner? Tu veux les garder tes pommes de terre?

– Ce que tu es bête! crie-t-elle en pleurant.

– Je te demande pardon.

– Mais non, c'est moi. Je te demande pardon pour la crois...

– Chut!

Il ne veut pas qu'on en parle. C'est fini. Il lui essuie les yeux, la mouche, la regarde encore. Elle dit d'une voix enrouée :

– Si tu veux du jambon...

Et ils éclatent de rire ensemble, se rejetant dans les bras l'un de l'autre et il sent, lui aussi, les larmes monter à ses yeux.

Le téléphone.

Et si on ne répondait pas? Ils laissent sonner. Mais on insiste. Il se lève :

– Allô?

C'est Sylvie, elle le cherche partout.

– Eh ben alors, mon chéri? Tu m'as oubliée?

Mais alors là, complètement! Il en est désolé, honteux... Il explique les pommes de terre, le jambon, le feu...

– On est devant la cheminée, avec ta mère, on parlait et...

– T'as vu ma chambre au moins? Non? Même pas! Eh ben, dis donc, bravo! qu'est-ce que vous faites? Mais non, je t'en veux pas, papa! Je t'adore! – elle rit au bout du fil. Amusez-vous bien, les amoureux! Ah! jeunesse!

Il raccroche et dit :

– On a de gentils enfants... Tu viens près de moi?

Ils s'approchent l'un de l'autre, timides, maladroits, et il la prend dans ses bras. Il a mal et en même temps c'est très doux. Il dit : « Colette », comme pour approuver une décision, parapher une signature. Colette.

Colette dont les lèvres tremblent pour la première fois sous les siennes. Colette qui ne sait pas qu'en cette nuit il recommence sa vie avec elle.

4

ROME

Dans moins d'une heure l'avion se posera sur la piste de Rome.

Bertrand et Colette sont assis l'un près de l'autre, à la fois détendus et fatigués comme toujours quand on macère dans l'air conditionné. Il lit *L'Expansion,* sérieux, absorbé. Elle le regarde. Il sent ce regard et lui sourit. Elle lui rend son sourire. Alors il abandonne son journal et se tourne vers elle :

– Tu déjeuneras avec nous?

– Non, si ça ne t'ennuie pas. Je préfère que tu me retrouves le soir à l'hôtel. – Elle pose sa tête contre son épaule. Comme une maîtresse qu'on cache dans un placard!

Il rit avec elle et se détourne. Par le hublot il voit moutonner les nuages, comme sur la route de Zurich, mais au bout du chemin il y a Rome, autre étape. « Une maîtresse qu'on cache dans un placard... » Elle a dit ça sans malice, elle ne peut pas imaginer...

– Je me demandais si c'était la cinquième ou la sixième fois que je venais à Rome? On ne s'habitue pas. Je suis aussi émue que si je venais pour la première fois!

Tout me blesse parce que tu es partout, Hilde, tu coules dans mon sang, et tu flottes autour de moi, dans l'air que je respire...

– Et puis je suis émue, peut-être parce que je suis avec toi.

Il lui serre la main et demande tendrement :

– Quel âge as-tu?

– Dis donc, mal élevé! Un peu moins que toi, comme d'habitude! Pourquoi tu me demandes ça?

– Parce que tu as l'air d'une petite fiancée.

– Ridée comme une pomme, peinte comme une geisha et teinte comme un Goya!

– Tu oublies : édentée, podagre et quinteuse!

– Tu peux me passer une glace avant que je saute?

– Pas besoin de glace, fais-moi confiance, tu es belle, abricot.

– Abricot?

Oui, là, c'est moi, je me fais mal, exprès.

– Abricot, c'est toi. Tu es belle, mais je m'en fous de ta beauté : je te retrouve. Tu es comme autrefois quand tout allait mal et que tu disais : « Personne ne peut savoir mieux que toi! »

Elle achève :

– « Même pas papa. »

– Tu disais ça? demande Bertrand surpris.

– Oui.

– Il avait quel âge, ton père, quand on s'est rencontrés?

– Quarante-six ans.

– Tiens! Je le croyais plus vieux...

C'est vrai, ça, quand il pense au Gaulois, il pense toujours à un vieillard. Quarante-six ans...

– Regarde, dit Colette, on arrive! Oh! je suis contente!

– Qu'est-ce que tu vas faire aujourd'hui? Tu vas aller voir Oriana?

– Non, ni Oriana ni personne. J'ai d'autres projets.
Et elle ajoute, mystérieuse :
– J'ai même des secrets...

Elle est venue cinq fois, six fois peut-être mais elle sait qu'elle n'a rien vu. Elle a tout vu, bien sûr, le Colisée, la roche Tarpéienne, le pape même, en personne, mais elle sait qu'elle n'a rien vu. Elle se souvient d'une dispute avec son père, à propos d'un fiacre, d'une fête de nuit dans les jardins d'Oriana où le vent venu de la mer échevelait les flambeaux et la crête des jets d'eau, elle peut réciter la place de tous les monuments, elle peut traverser la ville sans se perdre mais elle sait qu'elle n'a rien vu. Alors elle part, à pied, un guide à la main, sérieuse, docile, appliquée, suivant la foule des touristes, les regardant, les écoutant, se mêlant à eux, comme si elle voulait surprendre le secret des âmes simples. Elle entre au hasard dans une trattoria, se bourre avec délice de larges pâtes vertes. Avale un grand verre de vin qui fait des taches violettes sur la nappe de papier et doit faire de grands trous dans les estomacs. Elle pense qu'elle connaît au moins cent personnes à Rome, qu'elle pourrait être en train de déjeuner dans un palais, dans un atelier sur le Tibre, à la Villa Médicis... et qu'elle est là, heureuse, tranquille, avec ses pâtes vertes, son vin violet et ses idées plein la tête. Elle pense qu'elle pourrait aller dans cette boutique où s'habille Oriana... parce que, pampilles de souks tu fuiras, d'accord, mais Rome, c'est autre chose. C'est la ville des leçons. Il suffit de regarder les pieds d'une Romaine qui sort le soir pour avoir envie de cacher les siens sous la table.

Oui, elle pourrait... mais elle reste là, à feuilleter son guide, à rêver, et elle a soudain envie de marcher au milieu des tombes.

Fantômes blancs, débris, regards vides, toges dont les plis n'ont pas bougé depuis plus de mille ans, défunts mutilés par le temps et par les hommes, marbres qui ont pris la forme de ceux qui furent des vivants...

Elle s'arrête devant le monument funéraire d'un couple de patriciens. Presque intact. L'homme a simplement perdu sa main droite. On ne peut qu'imaginer le geste par lequel il désignait quelque chose à sa femme. Ils sont à demi allongés sur un lit glacé, le coude enfoncé dans un coussin de pierre. Elle est un peu plus petite que lui. Ses cheveux sont admirablement tressés, torsadés, autour d'un diadème. Ils ne sont plus des enfants mais ils sont encore jeunes, encore beaux. La mort a dû venir par accident. Ou par ordre.

Elle tourne lentement autour du monument, fascinée par le léger sourire de la femme qui lève la tête vers son mari et par ce regard de tendresse qu'il a vers elle... Ce regard? Elle en est sûre, ils se voient. Pour l'éternité. Alors, doucement, elle s'en va sur la pointe des pieds.

Quand il rentre, après la journée de travail, leur appartement est plongé dans l'obscurité. Pourtant on lui a bien dit à la réception que Madame était là. Il allume le salon, passe dans la chambre et la trouve dans le noir assise devant la baie vitrée qui donne sur la terrasse et sur Rome. Elle a dû se mettre là à la tombée du jour et ne pas sentir monter la nuit.

Il la laisse dans l'ombre et vient s'asseoir près d'elle, tout heureux de la découvrir et étonné, apaisé de la trouver si calme.

– Tu as prévu quelque chose pour ce soir?

– Non.

Non? Elle n'a rien prévu, décidé, aménagé? Il

glisse un bras derrière ses épaules et l'attire contre lui.

– Tu as envie de dîner quelque part?

– Où tu voudras.

Quelle paix! Il la sent attendre, espérer...

– Tu sais, c'est bon de rentrer et de pouvoir se détendre au lieu de se précipiter aussitôt dans d'autres contraintes!

Une ombre d'inquiétude passe sur le visage de Colette.

– Tu es fatigué? Tu veux qu'on reste ici?

– Non, j'ai envie de sortir! de sortir avec toi! Je voudrais que tu mettes quelque chose d'insensé, que je ne connaisse pas; et qu'on fasse la dolce vita!

– Vrai?

– Vrai!

– Je crois que j'ai ce qu'il te faut, dit-elle après un instant de réflexion. Quelque chose que Sylvie a voulu me prêter, elle m'a dit : « J'ose pas le mettre parce que ça fait trop jeune! »

– Je salive déjà!

– Mais alors, tu regardes pas! juste quand je dirai : prêt!

– Juste!

Et quand elle dit : prêt! et apparaît en pantalons de golf de mousseline noire, parsemée de grands papillons rouges, verts et bleus, il éclate de rire et s'accroche aux rideaux pour ne pas tomber. Elle rit aussi, se regarde dans la glace :

– Je vais l'enlever!

– Jamais! Seulement, tu m'avais dit que c'était dingue et c'est du noir! Un fichu sur la tête et c'est l'Audience Privée!

– Mon rêve! dit Colette en clignant de l'œil.

– *The full treatment!* dit Colette. Des flambeaux,

une nappe de dentelle, des truffes blanches, du champagne de France, des mandolines sous le nez et du vrai marbre dans les cabinets... Je me demande si je suis en voyage de noces ou si je suis la call-girl la plus chère de Rome?

– La plus chère à mon cœur... Tu veux qu'on aille danser?

– Je veux tout!

Tout.

Le clair de lune coule par la baie de leur chambre, les papillons gisent sur la moquette...

Tout.

Bertrand regarde le corps nu de sa femme d'un bleu délicat sous la lumière argentée. Il la regarde attentivement sans cesser de lui faire l'amour. Elle a les yeux fermés et, de sa bouche entrouverte, sort un rythme saccadé qui s'intensifie avec une régularité mathématique, très doux, très beau et dont il se repaît. La main de Colette froisse au même rythme le bras de Bertrand. Soudain il la sent sombrer dans un plaisir profond. Cri muet. Paupières serrées. Décontraction totale. Il a le même sourire que sur le corps de Hilde. Soudain, il s'arrête, se dresse sur les avant-bras et considère de toute sa hauteur cette femme au bout de lui, cette femme qui est la sienne et qui lui échappe mystérieusement dans son complet abandon. Pourquoi? Et il ne veut pas de ce mystère, de cette fuite, de ce retranchement. Il la veut avec lui. Il la dévaste si brusquement et si fort qu'elle ouvre les yeux, qu'elle essaie de se dérober, de le calmer...

– Non! crie-t-elle.

Et il demande tout contre elle, avec rage et désespoir :

– Pourquoi « non »? Pourquoi?

★

C'est le dernier matin du symposium.

« Temps libre », dit le programme. Bien sûr il a promis de les rejoindre avant le déjeuner mais il prend son temps. Il s'est réveillé de bonne heure, il a fait sa toilette pendant qu'elle dormait encore et maintenant il s'habille, se demandant comment il va aborder la question, comment il va lui parler, et, s'étant découvert, aller au bout de son sacrifice.

– ... Jour, dit-elle du lit où elle beurre un toast, tu vas bien?

– Et toi?

– Oh! moi! Impeccable!

Il est debout devant le lit, terriblement ému, essayant gauchement de mettre son bouton de manchette, mais comme il ne la quitte pas des yeux et que ses mains tremblent il n'y arrive pas et elle lui fait signe :

– Viens, je vais t'aider.

Il s'assied au bord du lit. C'est étonnant qu'elle n'entende pas les battements de son cœur... il a l'impression que tous les autres bruits se sont effacés devant le bruit de son sang. Il se lance :

– C'était un gentil séjour...

– Très gentil, dit Colette qui s'empare de l'autre manchette.

– Tu ne peux pas savoir à quel point c'était important pour moi de te retrouver...

Aide-moi, Colette, maintenant il faut que tu m'aides! Que tu m'aides à parler, que tu m'aides à vivre. Ça va être dur, ça va être terrible mais il faut qu'on partage ça. Je n'ai rien cherché, tu comprends...

– Tu sais, mon chéri... – elle parle d'une voix lente et réfléchie, elle a gardé une main de Bertrand dans les siennes –, tu sais, mon chéri, j'ai réfléchi à tes inquiétudes... à ta fatigue... à ce qui s'est passé ces derniers temps à Paris..., et soudain, le regardant droit dans les yeux, elle conclut :

– Tu devrais te faire faire un check-up.

Il a un petit rire – c'est drôle, non? – et, sans quitter les mains et les yeux de Colette lui dit :

– C'est fait.

– C'est fait? crie-t-elle, passionnée, impatiente, avide de savoir.

– Oui.

– Et alors?

– Alors tout va bien, dit-il avec un sourire rassurant.

– Tout va bien? demande-t-elle incrédule.

– Très bien!

– Pas l'ombre d'une inquiétude à avoir? Pas de troubles, pas de...

– Tout va bien, je te dis!

– Et tu le sais depuis quand?

– Pas tout à fait trois semaines.

– Ça c'est la meilleure...! crie-t-elle, furieuse.

– La meilleure?

Mais qu'est-ce qu'elle veut dire?

Il ne comprend pas, il assiste avec stupeur à l'explosion de cette rage profonde. Du fond de la nature de Colette, le naturel, un instant chassé par l'angoisse, monte comme un raz de marée. Elle est furieuse, hors d'elle, violente. L'annonce de la bonne santé de son mari l'atteint comme une offense personnelle. S'il n'était pas malade, ce n'était pas la peine de faire tout ce cirque! Et de la laisser s'inquiéter, qui plus est! Je suis vieux, je suis fatigué! je veux me reposer, je ne veux pas partir avec toi! je t'emmène à Rome... et tu savais que tu n'avais rien! que tu étais fatigué, comme tout le monde, mais que tu n'avais rien! Et tu voyais très bien que je me rongeais les sangs, que je n'étais plus moi...

– C'était bon, dit gravement Bertrand.

– Merci! et, au lieu de me rassurer, d'être gentil... ah! non, vous êtes bien tous les mêmes!

– Qui?

– Les hommes! Quand je pense que je ne vivais plus! que j'allais me balader au milieu des cimetières! que je veillais sur toi en tremblant! que je supportais tes mauvaises humeurs, tes caprices! Ah non!

Bertrand la regarde avec désolation. Il est triste. Elle est presque obscène de vérité. Elle peut enfin se laisser aller après des jours et des jours de contrainte. Le gentil séjour. Comme il était mesuré, son temps de patience et de discrétion! Comme ils sont rares, les êtres qui peuvent franchir leurs propres limites!

Il tente cependant un dernier effort. Il sait qu'il le doit. Il sait qu'il possède plus de cartes que cette femme qui se croit forte et qui n'est que dérisoire. Il lui prend les poignets, les serre à lui faire mal, ne lâche pas ses yeux. Sa voix est dure :

– Et si je te demandais l'impossible, Colette?

– Tu es souffrant?

– C'est ce que je me tue à t'expliquer.

– Ne joue pas sur les mots, dit-elle en haussant les épaules.

– L'impossible! répète-t-il. L'impossible!

Elle rit maintenant et ce rire lui fait horreur. Il lâche brusquement ses mains, se lève et sort de la pièce.

Elle hausse les épaules, le regarde sortir en hochant la tête comme si elle riait d'un enfantillage, d'une bêtise de gamin, contrariante mais, Dieu merci, elle a su mettre le holà.

Il est encore dans la salle de bains et déjà elle

compose un numéro de téléphone et murmure : « Ah les hommes! » avec sa bonne humeur retrouvée, puis, soudain, entendant une voix au bout du fil, elle s'éclaire et dit :

– Oriana? ma chérie! c'est moi, mon chou, je suis à Rome, oui!.. Bien sûr qu'on se voit!... Oui!... Bien sûr qu'on est libres!...

Prêt à sortir, son manteau sur le bras, debout sur le seuil, il la regarde. Mais ce n'est pas à elle qu'il pense. Il pense à un petit garçon triste..., à un petit garçon à qui il est arrivé un grand malheur... tu sais, papa, Justin, mon meilleur ami... son papa et sa maman ne s'aiment plus...

– Ah! je suis folle de joie! crie Colette dans le téléphone, et elle ne tourne même pas la tête quand elle entend claquer la porte.

5

SO GLÜCKLICH

Dans le lit douillet de la chambre qui fut si souvent la sienne dans la maison du Dolder, Sylvie se sent redevenir petite. Elle se laisse aller contre les oreillers et sourit à Annelise qui vient de lui apporter un tardif et copieux petit déjeuner. Les colliers, les sautoirs, les bracelets tintent tandis qu'Annelise soulève les couvercles, le cosy molletonné, hume le parfum du thé, vérifie les pots, la passoire, le coupe-goutte du miel, toutes ces choses inutiles et charmantes qui rendent la vie plus agréable.

– J'aime venir dans ton Europe, Annelise...

Elle saisit la main couverte de bagues qui la fascinaient quand elle était enfant, elle l'embrasse et la garde contre sa joue.

– T'es gentille, Annelise, dit-elle tendrement.

– Gâteuse, je suis gâteuse, ma chérie. Quel effet ça fait d'être amie avec une très vieille femme?

– T'es con!... t'es gentille...

Elle serre un peu plus fort la main et se demande pourquoi elle n'a jamais vécu de tels instants avec sa mère... Hier soir, au téléphone, Colette rentrant de Rome qui lui dit : « Mais qu'est-ce qui t'a pris de partir comme ça? » Alors, après on se ferme, on se retire...

– Mange, ma chérie, s'inquiète Annelise.

– Tu veux que je devienne énorme?

– Non, j'ai peur que tu t'ennuies avec nous. Oh! j'ai une idée! Je vais inviter quelqu'un pour dîner, quelqu'un de jeune...

– Je ne veux pas voir de garçons! dit Sylvie soudain braquée.

– Justement, c'est une fille que je veux inviter. Attends... quelqu'un qui va te plaire.

Elle passe dans la pièce voisine, s'empare du téléphone, compose un numéro et Sylvie l'entend dire :

– Hilde, *miin Schatz!* Il faut que tu viennes dîner ce soir...

Mais ça n'a pas l'air de marcher. Pauvre Annelise, elle est désolée! Elle insiste :

– Ma chérie, c'est un service que je te demande. Tu sais combien Géa et moi nous sommes vieux...

Sylvie rit dans son lit et Hilde rit au bout du fil.

– Eh bien, nous avons une malheureuse petite jeune fille qui meurt d'ennui avec nous. Une petite Française. Tiens, est-ce que tu te souviens de notre associé avec qui tu as dîné à la maison. Eh bien, c'est sa fille!... Hilde?... tu es là? Ah! j'ai cru qu'on était coupées. Tu viens dîner, ma chérie?

– Oui, dit Hilde, très lentement, le cœur battant à se rompre.

Dans la voiture, en venant, elle se demandait si elle avait bien fait d'accepter, s'il n'y avait pas quelque chose de choquant, d'indiscret dans cette rencontre. Mais maintenant qu'elle est devant Sylvie, qu'elles se regardent, se sourient, se tendent la main, une inexprimable allégresse l'envahit. Sa fille! Elle l'observe avec une tendresse gloutonne. Derrière la jeune fille – si différente d'elle – elle cherche le père en filigrane.

– Mais qu'est-ce que tu deviens, mon cœur? s'étonne Annelise. On ne te voit plus!

– Je travaille, dit Hilde qui ne peut quitter Sylvie des yeux.

Elle l'admire. Elle l'envie. Et elle l'aime éperdument, brusquement, pour toujours.

Géa entre et ouvre ses grands bras :

– *Goot!* il n'y a ce soir que trois femmes qui m'attendent? Tu as raison, Annelise, on vieillit!

Annelise rit en regardant son mari et dit à Hilde :

– Tu sais que Sylvie l'a demandé en mariage quand elle avait quatre ans?

– C'est bien! moi aussi je l'aurais demandé si je l'avais connu pour mes quatre ans!

– Il a refusé, dit Sylvie, ne regrettez rien.

– Mais on est restés amis quand même, précise gaiement Annelise.

– Parce que j'ai une classe terrible! ajoute Sylvie.

Hilde boit ce que Géa a versé dans son verre et trouve que c'est bon. Pour la première fois depuis ces derniers jours où elle est sans nouvelles de Bertrand, elle se sent à l'aise, heureuse, bien. Elle se sent avec lui, Petite Planète, si tu savais ma joie de te connaître... je voudrais pouvoir te dire à quel point ton père est merveilleux, je l'aime, vois-tu, et c'est merveilleux de faire l'amour avec lui..., merveilleux... Pouvoir le lui dire sans la blesser. Ça ne devrait pas la blesser. Elle est sincère. Elle voudrait l'emmener au chalet. Elle les adopte tous et elle se donne à eux.

Sylvie, qui ne sait rien, sent cependant l'intérêt

qu'elle éveille et la jeune femme lui devient étrangement sympathique. Sa présence lui est agréable – Annelise a bien fait de l'inviter. Et comme elle a bien fait de venir, elle, Sylvie! Il n'y a qu'ici qu'elle pouvait traverser ce qu'elle traverse en ce moment...

– Qu'est-ce qu'on ferait sans les Schlappfi! dit-elle à Hilde qui approuve avec enthousiasme.

Charmante cette fille, elle se sent avec elle aussi confiante que si elle la connaissait depuis toujours comme Géa et Annelise. Il y a quelque chose de magique et de mystérieux dans son sourire. Bombardement invisible, les secrets rapports de son père et de cette femme retombent en douce pluie sur sa peau et elle parle sans contrainte. Oui, elle aime venir ici, elle a toujours aimé. C'est pour ça qu'à quatre ans elle voulait épouser Géa! C'était pour rester. Toujours. Pas question d'ailleurs dans son esprit d'épouser Géa sans épouser Annelise! Non! Elle les voulait tous les deux! Tout le monde rit. C'est vrai qu'on est bien... « Petite chérie... », dit Annelise en caressant sa joue. La petite chérie s'étire comme un chat. Elle se sent en sécurité auprès de Géa et d'Annelise, dit-elle. On s'occupe plus d'elle ici qu'à la maison... Il faut dire qu'ils sont tellement occupés l'un de l'autre!

– Qui? demande Hilde un peu trop vite, un peu malgré elle.

– Papa et maman.

Bien sûr! Comme il fait froid tout à coup dans la pièce. Sylvie continue :

– Ils ont foutu le camp à Rome tous les deux! Totalement insensibles au reste du monde!

A Rome. Hilde serre son verre dans sa main. Elle a mal. Et Sylvie, inconsciente, émue par ses parents, n'en finit pas de célébrer leur amour :

– Tiens, l'autre soir, papa oublie de dîner avec

moi, un dîner promis, hein? Je pourrais lui en vouloir! Mais non! Vous savez ce qu'il faisait? Il était à la campagne, avec maman, et il faisait cuire des pommes de terre sous la cendre! Il avait oublié l'heure, son rendez-vous avec moi, tout! C'est quand même inimaginable d'en être là au bout de tant d'années...

Elle rêve un peu à ce bon souvenir qui ravit les Schlappfer. Hilde est impassible, immobile. La petite poursuit :

– C'est réconfortant, et en même temps on se sent parfois en dehors... et, en disant cela, elle se rend compte de l'attitude bizarre de Hilde qu'elle attribue à l'ennui de quelqu'un qui entend parler de gens qui ne la concernent pas. Elle freine gentiment :

– ... mais je raconte ma vie! c'est bien français, ça! A votre tour, maintenant, dit-elle à Hilde qui secoue négativement la tête avec un tout petit sourire.

– Hilde est une créature mystérieuse, ma chérie, personne n'a jamais rien entendu d'elle, dit Anne-lise. On pourrait croire qu'il ne lui arrive jamais rien.

– Eh bien, moi je ne le crois pas, dit Sylvie avec cette grâce rare et charmante que certaines femmes ont à l'égard des autres femmes. Je suis sûre au contraire qu'il lui arrive des choses extraordinaires! Je me trompe?

– Non, dit Hilde très bas.

Elle a tenu le coup, pendant le dîner et jusqu'au bout de la soirée. Elle a bu, beaucoup, mangé un peu, écouté, parlé, ri, même. Mais après c'est le grand trou, la marche en plein cauchemar, la promenade à travers la nuit, le néant. Elle ne se souvient plus du temps écoulé, des gestes accomplis, des paroles prononcées, elle sait qu'il y a eu ce grand café ouvert tard, la fumée des pipes voilant les hautes glaces démodées et elle, naturellement, elle dérivant sur l'alcool, elle qui est maintenant si malade, si abandonnée. Et combien de temps tout cela a-t-il duré? En poussant la porte de la petite chambre où Jérôme est allongé sur le lit de garde à la clinique, elle lit 2 h 22 au cadran de l'horloge murale. 2 h 22, bien sûr, mais quel jour? N'importe quel jour puisque maintenant tous les jours, sans espoir, se ressembleront.

– Hilde? Mais qu'est-ce qui se passe? dit-il, étonné et inquiet de la voir arriver en pleine nuit. Tu n'étais pas de garde ce soir?

Elle fait non de la tête et il voit qu'elle est malade ou ivre. Pire que cela, délabrée. Hilde la forte, Hilde la claire, ce n'est pas possible!

– Ça ne va pas?

De la tête elle fait signe que non, ça ne va pas, ça ne va pas du tout.

Il se lève, va vers elle :

– Assieds-toi! Qu'est-ce qui t'arrive?

– Je crois que je suis un peu saoule...

– Toi!

– Oui. Et je crois que je suis une salope...

– Toi!!!

Elle s'assied sur le petit lit de veille et commence sa confession :

– Tu sais... le check-up...

– Le check-up? demanda-t-il.

– Le check-up du Français qui a ton âge...

– Ah oui, je me souviens, et alors?

Hilde prend sa tête entre ses mains, se penche en avant, respire profondément :

– Il était au chalet près de moi quand tu as téléphoné. On venait de passer deux jours... le bonheur. Et puis tu téléphones et je sais qu'il est perdu...

Elle voit son visage horrifié et tend la main vers lui :

– Tu ne pouvais pas savoir! Ce n'est pas ta faute!

Elle pleure, sans retenue, avec indécence, comme tous ceux qui ont passé les limites du supportable et Jérôme, qui ne l'a jamais vue pleurer, qui ne l'a jamais vue se plaindre, Jérôme bouleversé et maladroit, honteux d'avoir été l'aveugle héraut d'une si horrible nouvelle, vient s'asseoir auprès d'elle et entoure de ses bras les épaules frissonnantes.

– J'ai dîné avec sa fille ce soir. Et j'ai su que c'était fini. Fini. Fini pour moi, tu comprends? Il est à Rome, avec sa femme...

Elle a crié dans un tel paroxysme de désespoir qu'elle porte brusquement la main à sa bouche et dit, à peine articulé : « J'ai mal au cœur! »

Il se précipite vers la petite armoire au-dessus du lavabo, remplit un verre d'eau, y jette un comprimé effervescent. Elle avale avec un frisson de dégoût, un spasme de tout le corps. Il se demande si elle va vomir, s'évanouir, hurler. Mais non, elle s'accroche, courageuse, et ça va. Elle revient à sa hantise et répète doucement :

– A Rome, avec sa femme... et ça ne me fait pas plaisir!

Il a un sourire :

– Je ne vois pas comment ça pourrait te faire plaisir?

– Si! crie-t-elle, véhémente. Si! Parce que c'est bien! Parce que c'est mieux qu'il soit heureux avec elle, avec ses enfants! Je devrais être heureuse, tu comprends, parce que je ne veux pas leur faire de mal! Mais ça me fait crever! Jérôme, en sortant du dîner, tout à l'heure, je voulais leur envoyer le check-up. A Rome! Tenez, voilà des nouvelles! Dépêchez-vous d'être heureux, il n'y en a plus pour longtemps! Tu vois bien que je suis une salope!

Elle est de nouveau secouée de sanglots, aveuglée de larmes, effrayante.

Jérôme lui caresse les cheveux, essaie de sourire, puis il dit :

– Il faut que tu dormes ici.

– Non, fait-elle avec décision et ses sanglots se calment, on vient de passer sur un autre versant de son chagrin. Elle se mouche. Elle respire profondément, recompose son visage.

– Et si tu venais habiter quelque temps à la maison? demande-t-il.

Elle ne répond pas mais presse gravement son poignet et cela est plus beau que toutes les phrases possibles de remerciement.

Elle se lève et lui dit :

– Ne t'inquiète pas. Tout ira bien!

– J'en suis sûr, approuve-t-il, si malheureux pour elle.

Elle gagne la porte, se retourne et lui dit avec son calme retrouvé, son bel équilibre qui rassure tellement les malades :

– Et on n'en parlera plus jamais!

Un autre versant du chagrin. C'est ça, une autre façon de vivre. Elle ouvre la porte, entre dans son appartement, allume, regarde autour d'elle le décor familier comme pour essayer son courage tout de suite. Elle n'est plus du tout ivre, elle est morte. Ses yeux sont balafrés de rimmel et des larmes soulèvent encore sa poitrine. Mais tout ce délabrement n'est que physiologique. La force est revenue, la volonté de ne plus s'écouter a pris le pas sur son désespoir.

Agir. Continuer. Enlever son manteau, le suspendre dans l'entrée, aller, comme tous les soirs, déclencher l'appareil enregistreur du téléphone...

Elle enlève sa veste de tailleur, son chemisier et s'assied devant sa coiffeuse où est posé un bloc avec son crayon. Elle allume une cigarette et commence à se démaquiller sans hâte. Au passage, elle note des messages sur le bloc. La vie continue n'est-ce pas et, si elle a le cœur déchiré, ce n'est pas la faute de ses malades. Enfin, pas de tous... et, soudain, elle entend sa voix, sa voix à lui, qui sort, insolite, en français, au milieu des messages en allemand.

– Hilde, c'est moi. Il faut que je te voie. J'ai besoin de te voir. C'est important. Je suis mercredi et jeudi à Evian, à l'hôtel Royal. Viens, je t'en prie! Même si ça t'est difficile. Je n'en peux plus. J'ai besoin de toi!

O fermes résolutions, comme vous êtes fragiles! Dès qu'elle a entendu la voix de Bertrand, elle a tourné son visage vers le magnétophone comme vers un être vivant. Et tout fond dans ce visage couvert de crème, tout est noyé par les larmes qui reviennent... Quand la voix se tait, elle se précipite pour remonter en arrière et faire repasser le message. Elle s'agenouille par terre devant le magnétophone, boit cette voix avec délices et murmure doucement, tendrement, vaincue :

– Mais oui, bien sûr, mon chéri, bien sûr, je viens...

★

Et dans ce pays de montagnes, de neiges et de rochers, elle va vers lui de la façon la plus belle, la plus insolite, elle va vers lui sur les ondes, à bord d'un bateau.

Je n'en peux plus, j'ai besoin de toi..., comment résister à cet appel?

Visage nu offert aux embruns dans la nuit qui descend des cimes, rencontre la crête des vagues, se répand sur cet océan qui sépare et lie les deux terres fraternelles, elle vient à bord du Chablais qui joint Ouchy à Evian. Les lumières de Suisse diminuent derrière le sillage mousseux, les lumières de France, nouvelles étoiles, s'allument sur l'horizon. Elle reste sur le pont, malgré la houle, malgré le froid, elle reste sur le pont, seule, frissonnante, impatiente. Elle sait qu'elle arrivera trop tôt. Peu importe, c'est à elle d'attendre et d'espérer. C'est à elle de trembler aussi. La peur ne la quitte pas et elle n'a aucune arme pour lutter.

Je n'en peux plus, j'ai besoin de toi... et s'il lui disait : je sais...

Elle n'imagine rien, ni le rivage enfin atteint, ni l'hôtel, immense palais qui commence son sommeil de l'hiver, ni la chambre où ils se retrouveront, ni comment ils se retrouveront.

Elle n'imagine rien, elle va vers lui.

Elle est déjà dans le hall de l'hôtel Royal et les gouttelettes du Léman n'ont pas eu le temps de sécher sur ses joues et son front. Elle est soudain intimidée par cette belle maison où le bois, le cuivre et le cristal brillent si fort sous de franches lumières. Des choses délicates et précieuses sont à l'abri derrière des vitrines verrouillées, des domestiques silencieux, en livrée marron glacé, glissent sans bruit sur de tendres tapis bien brossés. On se prépare comme si on devait recevoir une foule immense et pourtant on ne voit pas de clients. Hilde lève la tête vers les étages, les escaliers bien tenus, tend l'oreille, guettant les trois coups qui annonceront le début de la pièce, libérant les acteurs, les belles en renards blancs, les ambassadeurs fleuris de camélias, les jeunes filles enlacées, deux par deux, les princesses russes semant leurs émeraudes, les jeunes gens en rayure tennis et les petits enfants fleurant l'eau de Cologne que

Miss couche avant le dîner des grandes personnes.

– Nous vous remercions de bien vouloir faire la fermeture avec nous, dit l'homme aux clefs d'or. Il sourit si chaleureusement qu'on a aussitôt envie de lui confier quelque chose de secret et de très important.

– Nous sommes en sursis, poursuit-il aimablement. Un congrès s'est terminé aujourd'hui – vous avez peut-être croisé les dernières voitures? Quelques clients nous ont demandé de rester, nous fermons irrévocablement dans trois jours, vous trouverez la maison un peu vide mais nous tenons à ce que votre séjour soit aussi agréable qu'en pleine saison. Si la moindre des choses...

– Vous êtes français? demande Hilde.

– Belge, madame, dit l'homme aux clefs d'or en s'inclinant. Folco, voulez-vous conduire Madame au 346.

La porte à tambour s'ouvre dans le dos de Hilde et elle se retourne pour voir le client qui entre.

C'est un chien. Un peu boiteux, chargé d'ans, de poils gris, de sourcils froncés, de pensées graves. Un chien de gouttière mais aussi un habitué des lieux. L'air absorbé, il traverse le hall et va s'arrêter devant l'ascenseur en vieille pratique que tout le monde connaît. Aussitôt le liftier ouvre la porte et le chien entre, suivi de Hilde et du chasseur qui porte ses bagages. Personne ne parle, l'ascenseur s'arrête au premier et, dès que la porte et la grille sont ouvertes, le chien sort. Hilde veut le suivre mais le chasseur la retient.

– Nous montons au troisième.

De la nacelle de verre et de fer qui s'élève Hilde voit le chien tourner dans le couloir de droite et s'en aller à ses affaires.

Et dans la chambre, toute seule après le départ du chasseur, la voilà un peu déséquilibrée d'être enfin arrivée. Elle regarde autour d'elle, va vers la fenêtre, l'ouvre, passe sur la terrasse, regarde les lumières au loin, qui sont maintenant celles de la Suisse, bouge à travers la pièce, glands de coton et de soie, têtières, pattes à trous, macramé, napperons sous vitre. Elle n'ose pas quitter ses vêtements chauds, elle n'ose pas défaire sa petite valise, ranger ses affaires dans l'antique salle de bains dont elle a seulement entrouvert la porte, pieds de lions blancs, cols de cygnes dorés. Elle frissonne dans cette atmosphère pelucheuse, confortable, et hors du temps comme l'instant hors saison où l'hôtel accepte de les abriter sous ses immenses toitures, dans ce brouillard gris des meubles qui semble flotter dans la chambre comme un vrai brouillard où elle devine, cœur battant, sang impatient, le haut lit de cuivre recouvert d'une courtepointe de satin jaune enveloppée dans de la lingerie blanche et des dentelles au crochet... et soudain des pas dans le couloir, une porte qui s'ouvre, pas très loin, à côté peut-être, la voix du chasseur qui dit merci, qui s'en va, qui ferme la porte, qui s'éloigne... il est parti, quelqu'un bouge dans la chambre voisine, gagne la porte, marche dans le couloir, frappe...

– Hilde.

Il est là.

Dans les bras l'un de l'autre, et ce n'est pas croyable, dans les bras l'un de l'autre et on voudrait le crier pour que chacun le sache et que nul ne l'ignore, dans les bras l'un de l'autre, mais comment fixer le temps? Elle pleure, pleure, le visage ravagé. Et lui s'accroche à elle comme s'il se noyait, à elle qui se soude à lui comme si elle voulait ne jamais se détacher. Elle ne peut rien dire, elle ne peut même pas le regarder, ses yeux sont fermés et elle pleure.

– Ne pleure pas, mon amour, supplie-t-il.

– Mais je vais bien, assure-t-elle, au milieu des larmes redoublées.

Il la berce, lui embrasse les cheveux, elle se laisse faire et peu à peu les sanglots s'estompent. Soudain il la serre encore plus fort contre lui et c'est à son tour de fermer les yeux pour se libérer de son aveu :

– Mon amour... si tu savais...!

Elle devient imperceptiblement et terriblement attentive entre ses bras et il a le courage de continuer :

– Si tu savais ce que j'ai fait... J'ai voulu qu'on ne se revoie plus jamais... J'ai essayé de t'oublier... J'ai emmené Colette à Rome.

Un long silence au bout duquel elle dit, sans ouvrir les yeux, sans bouger :

– Je sais.

– Comment le sais-tu?

Il est saisi. Elle ouvre les yeux et relève doucement le visage vers lui :

– J'ai vu ta fille à Zurich.

Une bombe.

– Tu as vu ma fille?!!!

– Oui, chez les Schlappfer.

– Tu as vu ma fille...! repète-t-il avec une stupeur comique.

Il est du reste très drôle et très jeune tout à coup, si maladroit à faire se rencontrer ces deux mondes qu'il a dans la tête et dans le cœur, ceux qu'il aime et celle qu'il aime. Hilde est touchée et amusée par cette naïveté qu'elle sent en lui et elle dit gentiment :

– Elle est merveilleuse, ta fille.

– N'est-ce pas? dit-il avec fierté, et il repète, toujours comique : tu as vu ma fille! – et il a un petit rire heureux que Hilde casse avec précision :

– J'ai vu ta fille et je sais tout. Rome et les pommes de terre sous la cendre...

Un silence très profond s'établit. Il la quitte et s'éloigne un peu d'elle, inquiet, les mains dans les poches, et il demande :

– Mais comment?

– Oh! ne t'inquiète pas, elle ne sait rien de nous et elle n'a pas voulu me faire mal. Elle parlait tout naturellement, de vous deux... et j'étais là. J'ai passé un moment dur... et puis, à la maison, j'ai trouvé ta voix... et me voilà, Bertrand.

Il l'écoute très attentivement mais il n'en a pas l'air, il semble plongé dans ses propres pensées. Un long temps. Puis il lui annonce brutalement, presque méchamment :

– C'est foutu avec Colette.

De nouveau, le silence les sépare et le cri d'un oiseau de nuit viole la chambre, incongru, parce qu'il est impossible de croire que la vie continue au delà de ce champ clos.

– C'est foutu et c'est affreusement triste... comme si une jeune fille, une jeune femme étaient mortes... Je me dis parfois que si la lutte pour la vie avait continué, aussi dure qu'au début de notre histoire, il n'y aurait pas eu... mais Hilde, qu'est-ce que je te raconte?

– Tout, dit Hilde. Tu me racontes tout et c'est bien.

– Oui, tu as raison... Pauvre Colette, elle n'a rien compris. Ni le danger, ni mes efforts, ni ce que j'espérais... ni ce que je n'espérais plus... Non, elle croit qu'elle m'a bien repris en main, comme une bonné...

Une idée agile lui trotte par la tête, il la saisit au vol – ne doit-il pas tout lui dire? – prend la main de Hilde :

– ... je vide mes poches, sûr?... je t'ai parlé de Marinette?

– Votre petite servante?

Il sourit, ébloui, quelle mémoire! mais elle l'interroge du regard et il lâche sa main, craignant de lui déplaire.

– Tout, repète Hilde.

– Un matin j'ai failli... Marinette.

Hilde le regarde avec beaucoup d'intérêt, un peu d'ironie pour masquer les battements de son cœur. Il croit devoir la rassurer, a peur qu'elle soit jalouse et conclut très vite :

– Mais il ne s'est rien passé!

– Pauvre Marinette, dit Hilde avec un joli sourire hypocrite.

Bertrand revient vers elle, lui prend les mains, la regarde dans les yeux et lui dit avec force, avec foi, avec enthousiasme :

– Hilde! quand je pense que j'aurais pu aller voir un autre docteur que toi! Mais je serais déjà mort! Ne fais pas cette tête-là, je plaisante! Seulement, maintenant, je sais la vérité sur mon check-up, et je vais te la dire : je ne suis pas malade mais je suis allé vers toi comme une bête va vers l'herbe qui la sauve. Et en remerciement, mon herbe, je te demande l'impossible!

– Bien sûr, dit Hilde en larmes.

– Tu veux bien garder ma femme dans ta vie?

– C'est ta femme, n'est-ce pas?

Il se détourne pour qu'elle ne voit pas son visage et dit doucement :

– Tu sais, Rome... c'était à cause des petits garçons... Sans moi, ils ont peur... et moi j'ai peur sans toi.

Elle vient tout contre lui :

– Je voudrais les avoir au chalet... avec Petite Planète... et pas malheureux... On les entendrait rire, et on irait voir et on rirait avec eux... – et, comme elle le sent trop ému, elle cherche à l'aider : si tu veux, on peut emporter Marinette aussi!

Et ça marche, il éclate de rire, se retourne vers elle :

– Tu l'adorerais, Marinette!

– Je les adore tous. Et, si tu me montres Colette, je l'aime aussi.

– Tu en serais bien capable!

– Mais oui. J'accepte tout, Bertrand. Je voudrais te dire en allemand parce que en français je sais pas bien les mots. Tout. *Alles. Ich bin einverstanden. Alles.* Tout ce qui aide ta vie... on dit comme ça?

Il la regarde, étonné, qui es-tu, toi qui sais? Où as-tu appris « ce qui aide la vie »? Où as-tu appris l'impossible? Il faut que tu saches...

– ... Quand j'ai essayé de repartir de zéro avec Colette, je ne t'avais pas oubliée. Oh! non, je t'avais bouclée au fond de moi comme au fond d'un coffre. Et j'essayais de me faire croire que j'avais perdu la clef. Le devoir, toujours. Mais je savais que si je prononçais ton nom toutes les serrures allaient voler en éclats! Il suffisait de dire ton nom : Hilde.

Et les serrures volent en éclats, libérant les choses profondes, essentielles, que la raison, les convenances et la lumière du jour ne peuvent accepter. Premier baiser conscient depuis qu'ils se sont retrouvés dans cette chambre, un long baiser les fauche, épis déjà liés en gerbe, et les couche doucement sur le lit. Le haut lit de cuivre recouvert d'une courtepointe de satin jaune enveloppée dans de la lingerie blanche et des dentelles au crochet... Et peu importe que la clef soit ou non tournée, que l'écriteau soit mis, que la porte de l'antichambre soit ouverte, que quelqu'un puisse entrer, puisse entendre en passant dans le couloir, il n'y a plus qu'elle et lui, se retrouvant, se souvenant, se retrouvant, emportés dans un torrent mâle et femelle jusqu'à ce que l'acte de retrouvailles soit célébré, salué, accompli et que retombent leurs forces comme des oiseaux fatigués et repus qui s'abattent lentement sur leur nid.

★

Il a dit : « Dors », en partant dans la nuit qui était déjà le matin.

Il a embrassé ses cheveux répandus sur l'oreiller et elle a obéi. Dormi.

Elle s'est réveillée tard, dans un brusque sursaut, honteuse et ravie.

Ce matin, elle est une nouvelle femme, une femme qu'elle ne connaît pas, une femme qui attend un homme au travail, le sien, un homme qui pense à elle et qui, ce soir, rentrera, sa tâche accomplie, lui sourira et refermera ses bras sur elle. Soudain elle n'est plus cette Hilde, cette femme à métier d'homme qu'elle a toujours voulu être, elle accepte d'être pour lui quelque chose de nouveau, quelque chose de très beau : une femme comme les autres.

Dans ce lit qui a été le leur, elle peut penser à ce qu'a été hier soir et à ce que sera ce soir, elle peut les lier ensemble par une journée d'attente. Toute une vie. Elle l'a regardé, observé, écouté, scruté, étonnée de voir se dissiper son angoisse, de dormir dans la paix...

10 heures... Il doit discuter avec des hommes en imperméable, des hommes bien habillés et sérieux, sur ce vaste terrain de Thonon où une usine vient de fermer et où il va peut-être installer de nouveaux locaux. Il a dit que c'était intéressant, important même, que Fachoux et Jussaume le rejoindraient pour la journée, mais ne t'inquiète pas, ils repartent ce soir, nous serons seuls, je te le promets...

Un bruit mouillé, soyeux – il bruine – entre par la

fenêtre qu'elle a ouverte sur la vallée, un peu de lac s'agite au loin. 10 h 20, le petit déjeuner est encore sur le lit et le thé refroidit dans sa tasse. Elle admire la serviette si bien repassée, glacée. Elle la caresse doucement. S'enfonce voluptueusement dans les oreillers, étire ses longes jambes sous les draps à la française qui étaient si bien bordés hier soir et décide d'être heureuse toute la journée.

D'abord s'occuper d'elle, pieusement, préparer son corps comme on fleurit une chapelle, rester longtemps dans la salle de bains, sourire à cette image aimée de Bertrand qui se réfléchit, se répète dans les miroirs. Descendre dans une eau tiède, y flotter longtemps, comme une algue, en sortir dans un grand bruit de cascade en pensant qu'il est tard, trop tard et s'apercevoir qu'il est à peine midi.

Faire le tour de l'hôtel en découvrant une nouvelle façon de marcher sans hâte, de respirer l'odeur de l'hiver, de regarder ces jardins bien tenus, ces allées nettes, ces fenêtres fermées, tant de paupières closes sur l'été enfui, cette piscine qui ne reçoit plus que l'eau du ciel. Ne pas gagner trop tôt la salle à manger, y pénétrer timidement et trouver tout en ordre pour la célébration de la cérémonie, le pain grillé sur la table, tout chaud comme s'il était aux aguets, le sourire du maître d'hôtel, leur maître d'hôtel... Saluer de loin le vieux couple et le chien. C'était si charmant hier soir quand ils leur ont fait demander par le maître d'hôtel si la présence du chien dans la salle à manger ne les gênait pas. « Oh! non! » ont-ils crié d'une seule voix et le vieux monsieur s'est soulevé sur son siège pour remercier, tandis que sa femme tout attendrie posait sa main sur la tête du chien. Le chien de l'ascenseur.

– Il ressemble à Brave, a dit Bertrand – et elle a

eu envie d'un chien, brusquement, comme d'un enfant.

– Monsieur nous rejoindra pour dîner? demande le maître d'hôtel, en fendant la papillote de l'ombre chevalier qu'il prépare pour Hilde et elle se répète avec délices : Monsieur nous rejoindra pour dîner...

Elle admire la belle assiette que l'on dépose devant elle, elle a envie de parler, elle dit :

– J'ai vu le chien dans l'ascenseur.

Le maître d'hôtel et les deux jeunes commis à qui il commente discrètement en italien toutes ses actions, se rapprochent aussitôt d'elle. Le chien? Il est très vieux, encore plus vieux que ses maîtres si on compte en âge chien, et pourtant ils viennent depuis 1922, ils se sont connus ici, et le chien aussi, ils l'ont connu ici, sur la route, laissé pour mort par un chauffard, alors Albert... Albert? oui, Albert c'est le chien – trouvé le jour de la saint Albert, c'est pour ça – Albert on le voit toujours revenir avec plaisir. Bien sûr, en saison, il reste sagement tout seul dans la chambre, c'est un chien très raisonnable, il sait qu'il n'a pas le droit à la salle à manger, mais en ce moment, c'est spécial...

Oui...

Elle a pris le café au salon puis elle s'est arrêtée devant le Registre des Clients. Ouvert sur l'année 1914. Une saison qui s'annonçait brillante puis tant de pages blanches... Elle remonte doucement à rebrousse-temps. Les encres anciennes sont affaiblies par les guerres, les morts, les années mais les pâles jambages restent nobles, majestueux, lisibles. S.M. la Reine Amélie du Portugal, le prince Ismaïl et le prince Zelle sultan de Perse... Elle croit lire un livre d'histoire. Elle regarde longtemps une signature : Marcel Proust. Elle rencontre Lloyd George, Ferdinand d'Espagne, la princesse Alexandra de Hohenlohe Schillingsfürst...

Mais elle revenait toujours à la signature de Proust. Cela lui paraissait irréel, comme si quelqu'un lui avait dit : Wagner et Cosima ont l'appartement du premier; ils viennent d'arriver. Mais était-il plus réel qu'elle soit là, elle, Hilde? Quelle trace laisserait-elle de son passage? Pas même une signature, pas même un reflet dans la glace de l'armoire qui regarde le haut lit de cuivre.

Elle aperçut le vieux couple et Albert qui rentraient d'une promenade et attendaient l'ascenseur. Alors elle se leva et décida de marcher jusqu'en ville, de regarder les boutiques qui étaient encore ouvertes, de connaître Evian où, fille d'outre-Sarine, elle n'était jamais venue. Elle descendit la pente de son pas retrouvé de montagnarde, puis, à mi-chemin, s'arrêta. Et s'il essayait de lui téléphoner? Si les discussions étaient écourtées? S'il rentrait plus tôt? Perdre une goutte de sa présence! Le faire attendre alors que chaque instant leur était compté! Et s'il avait un malaise, si... Elle remonta en courant vers l'hôtel, demanda s'il n'y avait pas de message pour elle. Non, il n'y en avait pas. Elle remercia chaleureusement et resta dans le filet, prise comme un oiseau.

Elle ne se permet désormais que cet univers clos, ce monde aux limites exactes où il n'existe pas un seul point où on ne puisse la joindre. Elle parcourt les couloirs, s'attarde devant les vitrines, regrette que le cinéma de l'hôtel soit fermé, elle aurait bien regardé un film avec Albert... ce doit être bon d'avoir un chien quand on est exposée à attendre... un chien avec qui elle parlerait de Bertrand... Elle vit, dans la vitrine de la boutique où une jeune femme rangeait les derniers modèles de la collection d'été, une robe du soir brodée d'or qu'elle trouva très belle. Elle faillit demander le prix mais elle n'osa pas. Et si elle allait chez le coiffeur?

Pourquoi pas? Livrée au shampooing, elle se laissa dériver, les yeux clos, l'esprit vide, dans des senteurs inconnues, regarda avec surprise sa tête française dans la glace et entendit sonner cinq heures dans un nuage de laque.

Cérémonie ponctuelle : dans le petit salon, sur un chariot, le cake aux fruits et le cake au gingembre attendaient.

Albert prenait le thé avec ses parents et on se sourit une fois de plus, avec la réserve des gens bien élevés qui ne veulent profiter de rien, même pas de la sympathie, pour s'imposer.

Elle pense à la robe..., elle pense à Proust..., à la clinique où quelqu'un la remplace pendant sa fugue... Elle envie Bertrand que le travail absorbe. Il lui semble avoir toujours été oisive.

Devant son thé qui refroidit, elle découvre l'attente. Elle se demande comment les femmes peuvent vivre depuis toujours à l'affût d'un homme et elle tend l'oreille, regarde son poignet et voudrait avancer les aiguilles du temps.

Elle n'a jamais attendu. Toujours agi. Brusquement elle se lève et se dirige vers la boutique.

Mais la boutique est fermée, la jeune femme est partie, tout est sombre et seuls les fils d'or brillent derrière la vitre. Il est trop tard.

Voilà. Il sera bientôt là, il devrait être là. Mon Dieu, quelle heure est-il?

Elle est dans la chambre et elle écoute, elle guette. Elle entend une voiture qui arrive devant l'hôtel, s'arrête... une portière claque. Elle évalue le temps qu'il faut pour monter jusqu'à elle, s'interdit de bouger, de courir vers la porte, de tourner la tête et tressaille comme si elle était surprise quand il entre, quand il crie :

– Je suis tout à toi!

Délicieux mensonge puisqu'il est encore absorbé

par ses affaires, sa journée, encore atteint par les rayons de tout ce qu'il vient de vivre et qu'elle ignore. Non, il n'est pas fatigué! Il a faim! Et elle trouve honteux, indécent de n'être pas prête, elle qui n'avait que ça à faire! Mais il rit, la rassure, lui embrasse les mains, elle a tout son temps, il va prendre un bain et se changer, alors, de nouveau, elle est seule et elle attend.

Il lui a demandé sa date de naissance, il a dit que c'était une bonne année mais trop jeune, beaucoup trop jeune. Il a réclamé la carte des vins et choisi un bordeaux des années 30.

– Mais tu es fou!

Elle avait honte, ça devait coûter une fortune! Et puis n'était-ce pas une profanation? Mais non, disait-il, c'est un hommage. La vie du vin c'est d'être bu. Dieu sait si l'âme de cette bouteille ne s'était pas déjà envolée? Ce serait dommage, bien sûr, mais le rendez-vous n'en était pas moins impérieux.

Le vieux maître d'hôtel les avait priés d'excuser l'absence du sommelier, il avait porté la bouteille jusqu'à leur table avec tous les égards dus à son âge et avait décanté le vin devant eux, toujours assisté des deux jeunes commis.

Il approuvait Bertrand, on ne devait pas trop chambrer le bordeaux, il fallait le laisser venir dans le verre, se développer... la bougie éclairait le lent passage du vin dans l'aiguière, il se tourna vers les jeunes gens :

– *E l'ultima bottiglia de questa annata.*

– Comme c'est gentil, la France, dit Hilde à mi-voix.

Bertrand se mit à rire :

– Tu as quand même remarqué qu'ils étaient italiens? demanda-t-il sur le même ton.

– Qu'est-ce que ça fait? Le concierge il est belge,

la femme de chambre elle est portugaise. Mais c'est ma France à moi.

– Ah! je crois que nous sommes bien tombés! s'écria Bertrand en lisant la satisfaction sur le visage du vieil homme qui venait de goûter le vin dans une soucoupe d'argent.

– Oui, monsieur.

Bertrand but lentement une gorgée, approuva et regarda couler le vin dans le verre de Hilde.

– A toi, dit-il, à toi qui m'as ressuscité, à toi qui me donnes envie de tout, à toi qui me donnes soif, faim, à toi, mon herbe! Bon Dieu, qu'est-ce que je t'ai détestée quand je t'ai vue! « A jeun, monsieur? Activité sexuelle normale? Pas d'hémorroïdes? Vous pouvez garder le slip... » J'ai cru que tu étais un ordinateur, j'aurais voulu que tu casses, j'aurais voulu te casser... Ne me regarde pas comme ça, c'est vrai! Tu sais ce qu'on va faire? On va tout recommencer : on va prendre rendez-vous, mais cette fois je saurai que c'est avec toi, tu verras ce ne sera pas pareil, tu me dis que les résultats sont bons, mais ceux que tu vas avoir, ce sera... eh ben, Hilde, tu vas pas pleurer? C'est le bordeaux que tu supportes pas? Tu sais qu'il a juste mon âge? C'est pour ça que je l'ai choisi, c'était ton année ou la mienne, une sorte de philtre. Tu te souviens d'Isolde, la nuit chez les Schlappfi? Tu sais que tout le monde te regarde?

– Il n'y a personne, dit-elle en parcourant des yeux l'immense salle à manger vide.

– Et le ménage à trois? Les deux vieux et le chien?

– Oh! Albert!

– Albert?

– C'est le chien, je sais tout sur lui.

– Tu as déjà tissé ta toile! Tu t'es fait des petits camarades? Essuie tes yeux. Voilà! Tu m'as dit, ce soir-là : on voudrait mourir comme Isolde. Et moi je venais de penser : c'est une porte qui s'ouvre sur... je ne sais plus?... un jardin... la lumière? mais je sais que c'est à ce moment-là que tout a changé. Le poids sur la poitrine, fini! Et puis tout devient facile! Les Japonais, tu ne peux pas savoir ce que c'est que ce contrat japonais! C'est toi, c'est ta force, c'est ta vie dans la mienne! C'est de la magie parce que, sincèrement, qu'est-ce que tu veux qu'on leur apporte avec nos grosses mains? Et le terrain de Thonon? C'est toi, encore, c'est toi, tu as signé, toi, cet après-midi, oui! c'est gagné! Bois! Tu l'aimes, mon vin jumeau? Tu peux pas parler?

Vivant, vivant, vivant, pensa-t-elle.

– Albert s'en va, fais-lui un sourire, il te dévore des yeux. Ça va, docteur? Tu n'es pas malade?

– Non! non! fit-elle précipitamment – je suis émue.

– Et moi! quand je pense que les aiguilleurs du ciel auraient pu ne pas être en grève! Je frémis! Merci, les aiguilleurs du ciel! Je bois à vous!

Doucement le niveau couleur de pierre précieuse baisse dans l'aiguière. Le vin est mort, vive le vin. Ils quittent la grande salle à manger, derniers clients de l'année, irrévocable adieu, salués par le maître d'hôtel et ses commis, par l'homme aux clefs d'or, par le liftier, par les domestiques silencieux en livrée marron glacé qui glissent sans bruit sur les tendres tapis bien brossés, ils retrouvent la chambre proustienne, le haut lit de cuivre recouvert d'une courtepointe de satin jaune enveloppée dans de la lingerie blanche et des dentelles au crochet et elle s'endort, la tête sur le cœur de Bertrand, en écoutant le beau bruit sourd et profond de la vie.

★

– Ah! monsieur, bourdonne Sémiette en voyant Bertrand entrer dans son bureau, Ah! monsieur, bravo! Nous savons déjà le plein succès de votre voyage à Thonon! Décidément, rien ne vous résiste en ce moment!

– N'est-ce pas? Beaucoup de courrier?

– Pas mal, monsieur. Et surtout ce magnifique article de France-Dynamique, dit-elle en lui tendant la revue ouverte à la bonne page.

« MA VIE : UN VRAI CONTE DE FEES! NOUS CONFIE BERTRAND LORIN-VALLEE. »

Il éclate de rire, demande :

– Fachoux l'a vu?

– Je l'ignore, monsieur, dit Sémiette, pincée.

– Passez-le-moi...

– Bien, monsieur...

Mais qu'est-ce qu'il a à rire comme ça? Comme un gamin? Qu'est-ce qui lui prend? Elle a trouvé l'article très bien, très objectif, très promotionnel : « P.-d.g. de charme, puissance de travail, sorti du peuple... », qu'est-ce qu'il veut de plus?

– Vous avez M. Fachoux, monsieur, dit-elle à Bertrand qui rit de plus belle.

– Je me marre, tu devines pourquoi? Oui, France-Dynamique... tu es furieux? Bien sûr que c'est une conne, mais on peut pas la tuer... Tu trouves que c'est grave? Franchement? Allez, sois honnête!... Ah! tu vois bien que tu te marres aussi! On le relira ensemble son papier pour être sûrs de ne rien en perdre! D'accord, vieux.

Il a raccroché, Sémiette est sortie, il rit encore, jette un regard à son courrier, ouvre un dossier puis tend la main vers le téléphone et appelle la clinique. La voix de Hilde lui parvient aussi facilement, aussi rapidement que si elle était en face de lui dans le bureau. Il est radieux. Elle aussi. Elle lui dit qu'elle est obligée de monter au chalet très vite pour la vente d'une pièce de terre que la municipalité veut acheter et qui lui vient de tante Lisa. On en parlait toujours, ça ne se faisait jamais et puis ça y est. Tu es jaloux que je monte là-haut? Bien sûr qu'il est jaloux! Mais ce n'est que partie remise. Son objectif, maintenant, c'est de retourner au chalet. Il faut s'organiser, évidemment, mais il sera du prochain voyage. Il lui téléphonera là-bas demain. Il faut qu'elle pense très fort à lui devant les grandes tasses rouges. Promis?

Il raccroche, heureux, et commence à crayonner devant lui, sur une feuille blanche, le portrait du chalet joujou avec son drapeau, sa source, ses guirlandes de bois, ses bûches sagement rangées sous le balcon... On frappe et il dissimule vivement son dessin sous un buvard. Sémiette entre, un sourire complice et inhabituel sur les lèvres :

– On demande à vous voir, monsieur...

et, avant que Bertrand ai pu dire ouf, Sylvie est devant lui.

– Ma chérie!

Elle est en tenue de voyage, elle débarque directement d'Orly. Elle est à la fois assurée, émue et timide. Bertrand l'embrasse, la fait asseoir, contemple avec fierté cette petite merveille que Hilde a vue, et attend. Il sent qu'elle a quelque chose d'important à dire et qu'elle a du mal à le dire.

Elle dit enfin :

– Il faut que je te parle, papa...

et s'arrête.

Légèrement inquiet, Bertrand l'interroge du regard. Elle explique :

– C'est pas facile...

et se jette à l'eau :

– J'ai un amant.

– Ah? fait seulement Bertrand, saisi.

– Oui. Tu te souviens du week-end où tu étais en Suisse?

– Oui.

– Nous, on était à Bréchamp avec Olivier... eh bien, en rentrant, Olivier n'était plus le même. C'est drôle de voir changer les gens qu'on croit connaître... et de se voir changer soi-même... Je l'aimais bien, je l'aimais beaucoup, je le trouvais formidable mais je décidais toujours tout et il était toujours d'accord... et puis, tout d'un coup, je le vois, presque désagréable, qui exige, qui commande... et je m'aperçois qu'il est plus intelligent que moi. C'était dur. Il me dit : on se marie tout de suite! J'étais..., je sais pas ce que j'étais. J'ai dit : on ne se marie pas comme ça, sans savoir! et puis...

– ... et puis tu as su.

– Oui. Ou plutôt non. Je ne savais plus rien. Je nous trouvais jeunes! J'avais envie de vous parler, à maman, à toi... mais vous partiez vous faire cuire des pommes de terre et je vous enviais. Vous saviez ce que vous vouliez, vous.

Il la regarde et sent une blessure inconnue au coin du cœur.

– Alors je me suis sauvée en Suisse, dans mon Europe, et là tout est devenu simple : j'avais du mal à vivre sans lui. Tu comprends ça?

– Très bien.

– On va se marier au printemps, dit-elle, les yeux pleins de larmes brillantes. Il va entrer chez son oncle à New York.

La blessure s'élargit.

– C'est un peu loin, mais vous viendrez souvent, n'est-ce pas?

– Bien sûr, dit-il courageusement.

– Et puis j'ai pensé que pour les frères ce serait

bon de faire des séjours là-bas. Peut-être même leurs études... Ils vont me manquer.

Elle pleure.

– Mais non, dit tendrement Bertrand, mais non, ils ne te manqueront pas... parce que tu es heureuse.

– Oui, dit-elle avec stupeur.

Elle se mouche. Ils se regardent et disent ensemble : « Et voilà! » ce qui les fait rire. Mais il redevient sérieux :

– Ta mère est au courant?

– Non, tu es le premier à le savoir. Olivier d'abord, bien sûr!

– Bien sûr!... il t'attend en bas dans sa voiture?

– Non! il travaille! Qu'est-ce que tu crois!

– J'ai envie de le voir vite.

– Lui aussi. Il t'admire tellement!

Bertrand a un geste de la main comme pour écarter cette admiration, puis il dit avec conviction :

– Je te promets une chose : je ne lui ferai jamais cadeau de mon nom!

Ils éclatent de rire ensemble. Ça va mieux.

– Au fait, comment vas-tu t'appeler?

– Mme Chalance.

– Mme Chalance... je ne sais pas si vous connaissez ma fille, Mme Chalance, Mme Olivier Chalance... mon gendre Chalance...

– Tu es drôle, papa!

– On va dîner très vite avec Olivier, dit-il en consultant son carnet. Qu'est-ce que tu préfères : la maison, le restaurant?

– Ce que tu veux, mon chéri!

– On demandera à ta mère.

– A propos, dit Sylvie gênée, ça t'ennuierait de lui annoncer...

– Ce serait peut-être plus gentil que ce soit toi...

– Oui, bien sûr... mais tu sais bien comment ça se passe avec maman... tu peux rien faire sans qu'elle dise : rangez-vous sur la droite... papiers de la voiture... vignette de l'année... reconnaissez l'infraction...

– C'est parce qu'elle t'aime.

– Oh! oui, et moi aussi, je l'aime, mais...

– Mais?

– Elle est tellement autoritaire, étouffante... tu peux pas t'en rendre compte, toi...

– Si.

Et même je ne m'en suis jamais rendu compte comme en ce moment précis... « rangez-vous sur la droite », bravo, ma fille!

– Mais il faut quand même que tu lui parles.

– Tu as raison, dit Sylvie en se levant. Tu vois, c'est formidable d'être venue te voir. J'avais besoin que tu saches... et, maintenant que tu sais, j'y vois clair. C'est bien, dit-elle en allant vers la porte. Oh! dis donc, j'allais oublier, j'ai plein d'amitiés à te faire de la part des Schlappfi.

– Ils vont bien?

– Magnifiques! Moins beaux que maman et toi, bien sûr. Vous êtes si jeunes! J'aimerais qu'on vous ressemble quand on sera vieux! Mais j'y pense, cachottier, tu m'avais pas dit que tu avais rencontré une adorable Frau Doktor là-bas!

– Ah oui, c'est vrai!

– On peut pas tout dire, hein? Allez, je te laisse travailler! Qu'est-ce que je t'aime, mon papa!

Elle est sortie en envoyant un baiser à Bertrand qui reste immobile derrière son bureau. Elle est sortie et il sait qu'il n'y aura plus de roulotte dans le cœur de la nuit, plus de chandails piqués dans sa commode, plus de jeune fille studieuse et rieuse, plus de Petite Planète. Petite Planète va tourner maintenant autour d'un autre soleil.

Tout doucement le chalet fait son apparition, s'évadant du buvard sous lequel il l'a dissimulé. Il le regarde comme s'il ne l'avait pas dessiné lui-même, comme s'il ne l'avait jamais vu. Il ajoute sur le seuil le petit bouquet de fleurs séchées qui se balance et sous lequel on passe pour entrer... Et soudain sa décision est prise, brutale, irrévocable. Il appelle la clinique, il est fébrile, surexcité. Quand il a Hilde au bout du fil, légèrement inquiète de l'entendre si vite après leur conversation de tout à l'heure, il lui parle d'une voix nerveuse, entrecoupée :

– Hilde, demain soir je serai au chalet! Je loue une voiture à l'aéroport et je monte te rejoindre!... Evidemment que je retrouverai la route! Quelle idée! Oui, je ferai attention! Si ça va bien? Ça va très bien! Combien de temps je reste? Je ne sais pas! le temps de me reposer, de réfléchir, d'y voir clair! de vivre un peu... et avec toi!... mais oui ça va bien! je t'assure! On dirait que tu n'es pas contente de me voir?... Oui, tu as raison, je suis méchant! mais je vais être si gentil, si gentil... A moi? non! il ne m'arrive rien. Ma fille se marie. Ça ne t'étonne pas? Ah bon! et pourquoi? Tu avais deviné qu'elle était amoureuse? Eh bien, pas moi, tu vois... Bravo! Tu sais... j'ai dessiné le chalet! je te l'apporterai. Une surprise?... quelle surprise?

Un chien, elle a un chien. Elle est allée aux bêtes perdues, elle a pris le plus moche, le plus triste, il a l'air d'avoir vécu, d'avoir souffert, il la regarde et il n'ose pas croire que c'est vrai, qu'elle l'a choisi pour toujours...

– Il est comme moi, dit Bertrand. Non, je ne suis pas jaloux, je suis heureux, c'est notre chien! Au fait, comment il s'appelle?

Il n'a pas encore de nom et Bertrand sourit.

– On trouvera... je crois même que j'ai déjà trouvé... Hilde, demain soir, tu entends, demain soir, je serai au chalet! Je te quitte... oui, moi aussi! je t'embrasse, fort, fort, fort...

Il raccroche, heureux, détendu et, sur le tapis de neige qui s'étend entre le drapeau suisse et le chalet, il dessine un chien.

Quand il ouvre la porte chez lui, le même soir, c'est la fiesta. Sylvie a parlé à sa mère et Colette a accueilli la nouvelle avec enthousiasme. Ce n'est pas Sylvie qui se marie, c'est elle qui devient belle-mère. Aussi, dans le salon, Bertrand, stupéfait, trouve-t-il tous les siens en train de boire du champagne et de manger des petits fours salés que Marinette est allée vite vite chercher chez le pâtissier.

– Ah! te voilà enfin! dit Colette, froide et supérieure comme ces mères admirables déchirées par l'inconduite de leur fils et la lecture d'un carnet innommable mais que la grandeur de leur nature préserve de faire des reproches en public.

– On a un beau-frère! crie Nicolas.

– Et on ira le voir en Amérique! dit Pascal avec un énorme hoquet.

Personne n'a fait attention à eux, ils sont rouges d'excitation et ronds comme des queues de pelle, tombés tête la première dans le brut, éperdus d'admiration devant Olivier qui se lève et serre la main de Bertrand, de Bertrand tout ému qui voudrait brusquement que ses petits garçons bourrés de champagne soient déjà des hommes. Ne plus se pencher pour rencontrer leur regard, le trouver à hauteur du sien...

– Cher Olivier, je suis très heureux.

– Moi aussi, monsieur!

– Moi aussi! dit Sylvie nichée au creux de l'épaule d'Olivier!

– Moi aussi! crient les petits garçons en plein délire éthylique.

– Et moi je suis ravie qu'ils aillent vivre à New York, ajoute Colette. Pour un jeune ménage rien de tel que d'être loin de la famille, mais ma chérie ne t'inquiète pas, je viendrai te voir souvent! et puis, pour les garçons, je me demande si ce ne serait pas bon de faire un peu de collège là-bas?

Mademoiselle, déjà bouleversée par l'annonce du mariage de la petite fille qu'elle a élevée, éclate brusquement en sanglots. Colette devient brutale :

– Mais, Mademoiselle, de toute façon, l'année prochaine, à Paris ou ailleurs, c'est la pension! Ils sont trop grands maintenant!

Et comme tout le monde la regarde, elle ajoute, directement pour Bertrand :

– La vie n'est ni facile ni drôle, pour personne!

Bertrand se détourne. Sylvie a entouré la vieille fille en larmes de ses bras et lui parle doucement, tout doucement, contre l'oreille. Que c'est beau, que c'est doux la tendresse d'une femme! Peu à peu les sanglots de Mademoiselle diminuent, se calment, elle approuve ce que lui dit la jeune fille, elle sourit. Bertrand et Olivier échangent un regard, Olivier caresse les cheveux de Sylvie qui embrasse Mademoiselle, comme Mademoiselle l'embrassait quand elle était petite, quand elle était tombée, quand elle avait de gros chagrins d'enfant, inconsolables et fugitifs...

– Bon, dit Colette, exaspérée, parlons sérieusement. Vous allez à New York, très bien, je vous enverrai voir mon ami Butch, il connaît tout le monde, il a ses entrées partout, il vous aidera quand vous achèterez une maison...

Olivier et Sylvie éclatent de rire.

– Acheter une maison? mais, maman, on n'a pas un rond! D'abord moi, je dois finir mes études et puis t'as peut-être pas bien compris quand on t'a dit qu'Olivier allait travailler chez son oncle? Son oncle, c'est le genre de bon-papa Vallée : plus tu es de sa famille, plus il t'exploite!

– Tu exagères, dit Colette, vexée, ton grand-père n'était pas comme ça!

– Je sais. Il était pire! Mais c'est ça qui est merveilleux. Sans mon grand-père et ses vacheries, papa aurait réussi quand même mais moi j'aurais peut-être pas compris qui il était et qui j'avais envie de devenir.

– D'accord, très bien, mais il est évident qu'on ne va pas vous laisser crever de faim, on vous aidera...

– Non!

Ils ont crié en même temps et en même temps se mettent à rire, accordés, Bertrand, Sylvie, Olivier. Olivier, ça va être agréable de te compter parmi nous... je te respecterai, fils, mais tu me trouveras toujours à tes côtés quand tu le voudras...

– Et moi?

Ils tournent tous la tête, étonnés, vers le fauteuil où Mademoiselle achève d'essuyer ses yeux.

– Et moi? répète-t-elle. Je peux leur prêter de l'argent. J'ai dépensé si peu depuis des années, ça me ferait plaisir.

Colette hausse les épaules mais Sylvie et Olivier se consultent du regard :

– On ne dit pas non, dit Sylvie. Vous savez quel métier on veut faire, Olivier et moi, et comme ce sera dur. On en bavera, bien sûr, mais...

– Mais comme vous savez tout mieux que tout le monde, vous vous en sortirez, d'accord, personne n'oserait vous contredire, empruntez de l'argent à Mademoiselle, à Ambroise, à Sémiette, puisque celui de vos parents vous fait horreur, tranche Colette. Et pourquoi pas à Marinette? En attendant, Marinette, on va passer à table, il doit y avoir des œufs, de la salade, un pâté de...

– Je suis navré, dit courtoisement Olivier, nous ne pouvons pas rester ce soir.

– Mais c'est désolant! s'exclame Colette, contrariée.

– J'ai dit à ma grand-mère que Sylvie et moi nous allions nous marier et, comme elle est très âgée, elle m'a fait promettre de la lui amener ce soir, nous dînerons au bord de son lit...

– Elle est marrante, dit Sylvie, il paraît qu'elle a dit : imagine que je meure cette nuit, je ne connaîtrais pas ma petite-fille.

– Et si j'insiste? demande Colette qui n'a rien écouté.

Olivier s'incline :

– Désolé, ma grand-mère nous attend.

Bravo, fils! continue, tu es sur la bonne voie, applaudit Bertrand qui sort son carnet :

– J'aimerais que nous déjeunions tous les quatre ensemble demain.

– Avec joie, monsieur.

– 13 heures chez Lasserre.

– Ça vaut le coup de se marier! siffle Sylvie. Lasserre, tu te rends compte!

– Et vos parents pourraient venir dimanche à Bréchamp, ajoute Colette.

Les jeunes gens acceptent mais Bertrand fait remarquer qu'il part demain après-midi pour la Suisse.

– Tiens, c'est nouveau ça, dit Colette. Et tu rentres quand?

Justement il ne sait pas.

– C'est contrariant, dit-elle en poussant les amoureux vers la porte. Allez, vous deux, si vous devez vraiment partir, partez!

Ils s'en vont, escortés des enfants, de Mademoiselle, de Colette, et Bertrand reste seul dans le salon. Il entend les voix fraîches, jeunes, joyeuses, vivantes dans l'entrée, il se sent tout seul. Mal. Tout tourne autour de lui.

– Ça va pas, monsieur?

Marinette lui a pris la main, elle le regarde, inquiète.

– Si, si, Marinette! ça va... un peu fatigué... c'est tout.

Mais elle n'est pas dupe avec son cœur simple et, hochant la tête vers l'antichambre, elle dit profondément :

– Ça va faire un vide...

– Oui. Ça va faire un vide.

Il s'est couché très vite, après un dîner rapide et muet. Il lit dans son lit. Colette, elle, va et vient comme une torpille en folie à travers la chambre. Elle le surveille du coin de l'œil. Ça l'exaspère de le voir lire, lui échapper, dans la lecture. Elle a envie de parler, de lui parler, de le forcer à parler.

– Tu ne peux vraiment pas être là dimanche pour voir les Chalance?

– Hein?

– Tu ne peux vraiment pas t'arranger pour être là dimanche?

– Vraiment pas.

– C'est quand même ta fille qui se marie!

Il approuve sans quitter sa lecture. Elle se couche, rageuse, et prend un livre. Mais elle ne lit pas.

– C'est très important ce que tu vas faire en Suisse?

Il continue à lire et ne répond pas. Elle s'énerve :

– Bertrand, je te demande si ce que tu vas faire en Suisse est d'une telle importance que...

De la main il fait signe de se taire, un peu comme

il chasserait une mouche importune, il lit, elle voit bien qu'il lit... Elle explose :

– Mais enfin! on dirait que ta fille ne t'intéresse pas! Tu es d'un égoïsme! Il faut que je m'organise, moi! que je sache ce que je vais faire avec ces gens! Je ne les connais pas! Olivier a l'air d'être bien élevé, il a peut-être des parents qui le sont aussi, eux! Les enfants veulent se marier au printemps, mais il est là, le printemps! On va à peine avoir le temps de se retourner! Est-ce qu'on le fera à Paris ou à Bréchamp? Qu'est-ce que tu en penses?

Et soudain, elle s'aperçoit que Bertrand, qu'elle ne regardait plus depuis qu'elle était emportée par ses projets, a le front dans une main, qu'il est blême et couvert de sueur. Aussitôt, elle crie :

– Mon chéri! Mais qu'est-ce que tu as?

Il ne peut pas répondre. Il a du mal à respirer. Il est impressionnant. Elle est suspendue à son souffle. Mais la crise passe. Il enlève sa main, reprend sa respiration, sourit. Elle tend aussitôt le bras vers le téléphone :

– J'appelle Desmarests!

Mais il l'arrête. Non. Il n'a rien. Ça va.

– Ça va..., dit-elle sceptique, c'est toi qui le dis!

– C'est peut-être l'émotion! dit-il en souriant.

Mais elle ne sourit pas :

– Je suis sûre que tu as quelque chose! Ce n'est pas normal que tu sois si bizarre depuis quelque temps. C'est quelqu'un de sérieux qui t'a fait ton check-up?

Il éclate de rire, il n'en peut plus, il en pleure. Oui, quelqu'un de sérieux, de très, très sérieux.

– Et on peut savoir qui?

– C'est mon oncle!

– Tu n'as pas d'oncle!

– Tu vois, j'étais comme toi, jusqu'au jour où je l'ai rencontré!

– Et tu ne crois pas qu'un psychiatre...?

Ça le fait tellement rire que, de nouveau, il a du mal à respirer. Elle le regarde avec inquiétude. Il se calme une fois de plus et parvient à dire :

– Mon oncle me suffit!

– Tu ne veux vraiment pas que je téléphone à Paul?

– Non, ça va, dit-il, repris par le fou rire.

Colette hausse les épaules, se détourne et éteint. Bertrand rit encore, il n'arrive pas à se calmer. Au bout d'un moment, elle explose :

– Si ça n'était pas pour Marinette, j'irais dormir dans le salon!

– Marinette s'en fout, tu sais!

– Tu trouves que c'est une vie agréable?

– Mais non!

– Ça ne pourra pas durer, je te préviens!

Il ne répond pas.

– Je te parle!

Mais, dans l'ombre, elle n'entend que le rire décroissant, étouffé de Bertrand qui a enfoncé sa tête dans l'oreiller.

★

Un matin comme les autres, en apparence... mais lui sait qu'il s'en va vers une nouvelle vie. Bruit déchirant des rideaux, petit déjeuner, sourire de Marinette, air pincé de Colette qui fume sa première cigarette de la journée, gestes ordinaires...

– Monsieur n'emporte pas plus de choses en Suisse?

Non, Marinette, une toute petite valise suffira, l'essentiel est là-bas...

Il voudrait embrasser les enfants, mais les enfants sont déjà sortis. Il ouvre la porte de la salle de bains, dit : « A tout à l'heure! » à Colette. Mais seule la douche lui répond. Il voudrait dire quelque chose de gentil à Marinette. Mais il n'ose pas. Et puis Ambroise est déjà là avec son sourire, les clefs de la Mercedes dans la main, sautant d'une jambe sur l'autre :

– On y va, monsieur?

– On y va, Ambroise!

Sémiette dépose sur son bureau le contrat japonais. Elle le manie avec autant de précautions que si elle descendait les Tables de la Loi du Sinaï.

– Le contrat japonais, dit-elle avec révérence et elle ajoute douloureusement : et votre billet pour Zurich, monsieur.

Elle reste plantée, immobile, image de la réprobation et de la conscience professionnelle, pendant que Bertrand empoche le billet et commence à parcourir des yeux les premières lignes du contrat.

– Mademoiselle Sémiette..., dit-il doucement.

– Monsieur?

– Je vous fais grâce de vos réflexions.

– Mais je n'ai rien dit, monsieur! s'exclame-t-elle, scandalisée.

– Vous n'avez rien dit mais j'ai tout entendu.

– Mais, monsieur!

– Remarquez, au premier degré vous avez raison. Il serait plus raisonnable que je ne parte pas aujourd'hui, que je signe ce contrat, que je conclue l'affaire de Thonon... Vous êtes bien d'accord? Oui. Seulement il y a un obstacle majeur : ça m'emmerde.

Il lui sourit aimablement et se plonge dans la lecture du contrat. Elle ne bouge toujours pas et, comme de nouveau il entend ses pensées, il a peur de lui avoir fait de la peine.

– Vous êtes une fille formidable, Sémiette, c'est

pour ça que je vous parle à cœur ouvert. Je sais que vous pouvez comprendre. Je me trompe?

– Non, monsieur.

– Je suis bien content! Maintenant, je vais travailler, soyez gentille de veiller à ce qu'on ne me dérange pas, s'il vous plaît.

Elle est à peine sortie qu'il a ouvert le tiroir fermé à clef où il a rangé le dessin du chalet. Il le regarde. Il regarde le chien. Il lui sourit. Il dit : Brave... Puis il regarde l'heure et compose le numéro du chalet. Le numéro ne passe pas. Contrarié, Bertrand retourne à l'étude du contrat japonais. Mais ça l'ennuie, ce téléphone qui ne marche pas. Une fois de plus il forme le numéro... rien. Exaspéré, il appelle les réclamations. Pourquoi ne peut-il pas obtenir ce numéro en Suisse? Rien d'étonnant, les circuits sont en dérangement, on va noter son numéro et le rappeler dès qu'ils seront rétablis.

Il se remet au travail mais son sourire a disparu, ça lui paraît épouvantable, cet obstacle entre Hilde et lui. Il a besoin de lui parler. Tout de suite.

Brusquement il s'irrite tout haut en découvrant une bourde dans le contrat. Et d'importance, s'il vous plaît, dans le calcul des pourcentages! Furieux, le visage crispé, la plume en l'air, il sonne Sémiette et l'attaque dès qu'il la voit :

– C'est vous qui avez tapé ce contrat, mademoiselle? Ça n'a jamais été le pourcentage convenu avec les Japonais! Qui a établi ce texte imbécile? C'est Jussaume ou Leblanc?

– C'est M. Leblanc, monsieur.

– Eh bien, qu'il vienne tout de suite s'expliquer! dit-il avec un geste furieux.

– M. Leblanc est à l'usine et... ça ne va pas, monsieur?

Il a porté la main à sa gorge. Il ne peut pas lui répondre. La sueur au front, les yeux brillants, il lutte avec une intolérable douleur au niveau du cœur. Il n'y a plus d'air, plus d'air, d'air... Sémiette empoigne le téléphone. Du fond de sa douleur il perçoit ce geste et pose sa main glacée sur celle de sa secrétaire.

– J'appelle votre femme...

Il trouve la force de murmurer :

– Pas ma femme...

– Le docteur, alors; – et, appuyant sur le bouton de l'interphone, elle dit d'une voix brève : « Vite! Un médecin! Une ambulance! Je vous en prie! M. Lorin-Vallée a un malaise! »

Bertrand revient peu à peu à lui, amorphe, doux, épuisé. Elle le regarde et le temps passe, calme et effrayant, rempli par une inhabituelle attente, un silence angoissant. Elle n'ose pas bouger et lui ne peut plus. Enfin il sent ce regard posé sur lui et il lève les yeux vers elle et lui dit comme une confidence, un secret, très intime, tout doucement :

– Il faut que je prenne l'avion...

De nouveau l'atroce douleur qui lui serre le cœur, le monstre qui s'assied sur sa poitrine, l'air qui manque... Il le cherche, des yeux, de la main, ouvre la bouche, étouffe...

– Oh! monsieur, c'est affreux!

La rassurer... la douleur semble décroître... ça va passer, ça va passer... je lutte, je vais lutter, gagner... ce n'est rien, là-haut tout ira bien...

Terrifiée, elle appuie sur un bouton de l'interphone, qui ne répond pas, puis un autre. Elle rage, il semble qu'il n'y ait plus personne de vivant dans cette maison, à part elle et cet homme qui cherche désespérément une gorgée d'air, sous ses yeux.

Et soudain quelque chose change dans la lutte de Bertrand : il SAIT.

Il murmure :

– Non, ça ne passera pas... comme s'il acceptait.

Comme s'il acceptait que tout soit fini, l'espoir des matins, le refuge des nuits, les surprises de la vie, la tendre écume de l'amour... mais il entend rire dans sa mémoire, il entend rire deux petits garçons qu'il ne verra jamais grandir et la plus douloureuse, la plus charnelle mutilation secoue son corps.

– Les enfants, Sémiette, les enfants...

Il s'accroche à elle. Il a la voix pleine de douleur. Elle s'affole. Elle sent l'horrible présence. Elle refuse de toute sa lucidité, mais elle sait que l'horrible présence est dans la pièce. Comme il le sent, lui, la proie, mais avec un doux accord depuis que tous les liens sont tranchés, coupées les amarres, adieu les petits garçons... et tandis qu'elle sonne, éperdue et dans le néant, une sorte de sourire se répand sur le visage douloureux de Bertrand. Elle essaie de comprendre ce qu'il murmure et se penche vers lui et, peu à peu, le prend dans ses bras, et elle entend :

– ... Hilde... – il a un sursaut et se raccroche à Sémiette, cherche ses yeux et dit, fébrile, impératif et fou : la clémence de Dieu! vous lui direz!... *so glücklich!*

Elle le sent souffrir, elle le sent lutter, elle le sent se débattre, elle voudrait l'aider, elle ne le lâche pas... mais ce qu'elle serre dans ses bras n'est plus qu'un fardeau faible et lourd.

– Monsieur! Oh! monsieur! sanglote-t-elle.

Puis elle le regarde, si proche, plus proche qu'il n'a jamais été d'elle, si tiède et déjà mort.

Elle hurle, tout bas, sans voix, à lui :

– Au secours!

Sans le quitter des yeux, sans ouvrir ses bras.

Elle voudrait s'être trompée, sentir un léger souffle sortir de ces lèvres souriantes, voir palpiter ces paupières et bouger cette longue main arrêtée sur la sienne.

Mais elle sait que c'est fini.

Elle entend des pas, des voix inquiètes, la porte s'ouvre et elle les voit entrer et freiner avec épouvante devant le cauchemar.

Ils sont tous là, comme pour une fête. Le planton, les deux belles secrétaires, Ambroise qui cache son visage dans ses mains, Jussaume, Durieu, un jeune ingénieur avec une cravate marrante... Ils ont l'air arrêtés en plein élan par l'obscénité de la mort comme par une barrière invisible.

– Mais qu'est-ce que c'est...?

Fachoux arrive en courant, ne voit rien, ne comprend rien, bouscule ces figures de cire, stoppe devant le bureau, se penche sur l'étrange couple toujours enlacé... le bruit de ses sanglots éclate, indécent.

Et Bertrand sourit toujours, immobile, dans les bras de Sémiette.

La porte s'est refermée sur les brancardiers. Sémiette est seule dans le bureau, debout derrière la table, muette.

Elle a voulu rester, continuer...

Elle caresse cette place devant laquelle il ne s'assiéra plus, elle regarde les photos des enfants, si joyeuses, si inaccessibles à l'adversité... elle a une petite grimace nerveuse pour ne pas pleurer, elle hausse les épaules et tend la main vers tous ces papiers qui s'entassent sur le bureau et qu'il faut ranger...

Le téléphone sonne et la fait tressaillir comme si elle était prise en flagrant délit.

– Vous avez demandé le 32-40-27 à Melchtal dans le canton d'Unterwalde en Suisse, les circuits sont rétablis, je vous appelle le numéro.

– Non, c'est inutile, vous pouvez annuler, dit-elle avec lassitude.

Elle raccroche, s'assied à la place de Bertrand et revient à ces papiers qu'elle doit ranger. Une lettre qu'il venait de signer, le compte rendu de Thonon, le contrat avec les Japonais, il va falloir... soudain, en soulevant un dossier, elle découvre le chalet.

Son cœur bat à grands coups, elle sait que ce qu'elle tient entre ses doigts n'est pas seulement un souvenir mais un message. Elle ne peut détacher ses yeux du dessin naïf et charmant. Elle comprend brusquement tout ce qu'elle n'a pas compris et, sans hésiter bien que sa main tremble, elle appelle le 32-40-27 à Melchtal.

Sur le tapis de neige qui s'étend entre le drapeau suisse et le chalet, il y a un chien heureux. Il commence à croire qu'il ne rêve pas, que c'est vrai, qu'elle veut vraiment de lui. Il aboie très fort pour dire qu'il est content et ça fait rire Hilde qui ramasse des bûches sous le balcon, et ça fait sonner le téléphone et ça la fait courir vers la maison en jetant ses bûches autour d'elle et c'est vraiment très amusant de la suivre, de ramasser son écharpe qu'elle a perdue en chemin et de l'entendre crier dans le téléphone :

– Allô! Bertrand!

Comme si elle voulait jouer...

Tout est accompli.

La porte est toujours ouverte sur la neige, il fait froid. Il fera toujours froid maintenant, malgré le feu qui a pris tout seul, joyeusement, dans son dos. Il fait froid. Il n'y a plus personne. Plus personne avec qui partager la montagne et les gloires roses qui couronnent ses sommets. Pourquoi a-t-il parlé de la clémence de Dieu? Où est-elle, la clémence de Dieu, dans ce désert? Par la porte ouverte, elle regarde avec épouvante cette immensité blanche qui l'entoure, cette neige plus vieille que les douleurs humaines et qui leur survivra. Elle frissonne, seule, abandonnée...

Le poids chaud d'une tête de chien sur ses genoux, un petit gémissement inquiet, c'est la première fois qu'il ose la toucher.

– Brave!

Elle l'avait oublié et tout éclate en elle et elle retrouve, intacte et merveilleuse, la possibilité de souffrir, d'aimer, de donner. Seule, abandonnée? Avec ce qu'elle a vécu, traversé, reçu? Jusqu'au bout de sa vie, Bertrand coulera dans son sang comme une maladie lumineuse. Il lui laisse le monde et peut-être qu'un jour elle pardonnera à Dieu, peut-être qu'elle comprendra le sens de ce malheur exceptionnel, de cette croix.

Le chien sait, lui, parce que les chiens sont des créatures très pures et très innocentes. Elle embrasse la grosse bête ébouriffée où elle trouve le goût de ses larmes, elle se lève et va lentement vers la grande fenêtre où ils ont vu ensemble tomber la première neige et où leur a été donnée la grâce de connaître la vie et la mort. Elle appuie son visage à cette vitre froide comme à une joue, elle regarde, accepte, lève les yeux... vers quoi? et murmure très doucement :

– *So glücklich...*

Littérature

extrait du catalogue

Cette collection est d'abord marquée par sa diversité : classiques, grands romans contemporains ou même des livres d'auteurs réputés plus difficiles, comme Borges, Soupault, Goes. En fait, c'est tout le roman qui est proposé ici, Henri Troyat†, Bernard Clavel, Guy des Cars, Alain Robbe-Grillet, mais aussi des écrivains tels que Moravia, Colleen McCullough ou Konsalik.

Les classiques tels que Stendhal, Maupassant, Flaubert, Zola, Balzac, etc. sont publiés en texte intégral au prix le plus bas de toute l'édition. Chaque volume est complété par un cahier photos illustrant la biographie de l'auteur.

ADLER Philippe	**C'est peut-être ça l'amour** 2284/**3*** **Les amies de ma femme** 2439/**3***
AMADOU Jean	**Heureux les convaincus** 2110/**3***
ANDREWS Virginia C.	Fleurs captives : **- Fleurs captives** 1165/**4*** **- Pétales au vent** 1237/**4*** **- Bouquet d'épines** 1350/**4*** **- Les racines du passé** 1818/**4*** **- Le jardin des ombres** 2526/**4*** **Ma douce Audrina** 1578/**4***
ANGER Henri	**La mille et unième rue** 2564/**3*** (avril 89)
APOLLINAIRE Guillaume	**Les onze mille verges** 704/**1*** **Les exploits d'un jeune don Juan** 875/**1***
ARCHER Jeffrey	**Kane et Abel** 2109/**6*** **Faut-il le dire à la Présidente ?** 2376/**4***
ARTUR José	**Parlons de moi y a que ça qui m'intéresse** 2542/**4*** (mars 89)
AUEL Jean-M.	**Les chasseurs de mammouths** 2213/**5*** & 2214/**5***
AURIOL H. & NEVEU C.	**Une histoire d'hommes** 2423/**4***
AVRIL Nicole	**La disgrâce** 1344/**3*** **Jeanne** 1879/**3*** **L'été de la Saint-Valentin** 2038/**2*** **La première alliance** 2168 /**3***
AZNAVOUR-GARVARENTZ	**Aïda Petit frère** 2358/**3***
BACH Richard	**Jonathan Livingston le goéland** 1562/**1*** illustré **Illusions** 2111/**2*** **Un pont sur l'infini** 2270/**4***
BALZAC Honoré de	**Le père Goriot** 1988/**2***
BARBER Noël	**Tanamera** 1804/**4*** & 1805/**4***
BATS Joël	**Gardien de ma vie** 2238/**3*** illustré
BAUDELAIRE Charles	**Les Fleurs du mal** 1939/**2***
BEAULIEU PRESLEY Priscillia	**Elvis et moi** 2157/**4*** illustré

BENZONI Juliette	**Un aussi long chemin** 1872/**4*** Le Gerfaut des Brumes : **- Le Gerfaut** 2206/**6*** **- Un collier pour le diable** 2207/**6*** **- Le trésor** 2208/**5*** **- Haute-Savane** 2209/**5***
BEYALA Calixthe	**C'est le soleil qui m'a brûlée** 2512/**2***
BINCHY Maeve	**Nos rêves de Castlebay** 2444/**6***
BISIAUX M. & JAJOLET C.	**Chat plume** 2545/**5*** (mars 89)
BOMSEL Marie-Claude	**Pas si bêtes** 2331/**3*** illustré
BORGES & BIOY CASARES	**Nouveaux contes de Bustos Domecq** 1908/**3***
BOURGEADE Pierre	**Le lac d'Orta** 2410/**2***
BOVE Emmanuel	**Mes amis** 1973/**3***
BRADFORD Sarah	**Grace** 2002/**4***
BRISKIN Jacqueline	**La croisée des destins** 2146/**6***
BROCHIER Jean-Jacques	**Odette Genonceau** 1111/**1*** **Villa Marguerite** 1556/**2*** **Un cauchemar** 2046/**2*** **L'hallali** 2541/**2*** (mars 89)
BURON Nicole de	**Vas-y maman** 1031/**2*** **Dix-jours-de-rêve** 1481/**3*** **Qui c'est, ce garçon ?** 2043/**3***
CALDWELL Erskine	**Le bâtard** 1757/**2***
CARS Guy des	**La brute** 47/**3*** **Le château de la juive** 97/**4*** **La tricheuse** 125/**3*** **L'impure** 173/**4*** **La corruptrice** 229/**3*** **La demoiselle d'Opéra** 246/**3*** **Les filles de joie** 265/**3*** **La dame du cirque** 295/**2*** **Cette étrange tendresse** 303/**3*** **L'officier sans nom** 331/**3*** **Les sept femmes** 347/**4*** **La maudite** 361/**3*** **L'habitude d'amour** 376/**3*** **La révoltée** 492/**4*** **Amour de ma vie** 516/**3*** **La vipère** 615/**4*** **L'entremetteuse** 639/**4*** **Une certaine dame** 696/**4*** **L'insolence de sa beauté** 736/**3*** **J'ose** 858/**2*** **La justicière** 1163/**2*** **La vie secrète de Dorothée Gindt** 1236/**2*** **La femme qui en savait trop** 1293/**2***

	Le château du clown 1357/4*
	La femme sans frontières 1518/3*
	Les reines de coeur 1783/3*
	La coupable 1880/3*
	L'envoûteuse 2016/5*
	Le faiseur de morts 2063/3*
	La vengeresse 2253/3*
	Sang d'Afrique 2291/5*
	Le crime de Mathilde 2375/4*
CARS Jean des	Elisabeth d'Autriche 1692/4*
CASTELOT André	Belles et tragiques amours de l'Histoire 1956/4* & 1957/4*
CASTRIES duc de	Madame Récamier 1835/4*
CATO Nancy	L'Australienne 1969/4* & 1970/4*
	Les étoiles du Pacifique 2183/4* & 2184/4*
	Lady F. 2603/4* (juin 89)
CESBRON Gilbert	Chiens perdus sans collier 6/2*
	C'est Mozart qu'on assassine 379/3*
CHABAN-DELMAS Jacques	La dame d'Aquitaine 2409/2*
CHASTENET Geneviève	Marie-Louise 2024/5*
CHAVELET É. & DANNE J. de	Avenue Foch 1949/3*
CHEDID Andrée	La maison sans racines 2065/2*
	Le sixième jour 2529/3*
CHOW CHING LIE	Le palanquin des larmes 859/4*
	Concerto du fleuve Jaune 1202/3*
CHRIS Long	Johnny 2380/4* illustré
CLANCIER Georges-Emmanuel	Le pain noir :
	1- Le pain noir 651/3*
	2- La fabrique du roi 652/3*
	3- Les drapeaux de la ville 653/4*
	4- La dernière saison 654/4*
CLAUDE Madame	Le meilleur c'est l'autre 2170/3*
CLAVEL Bernard	Lettre à un képi blanc 100/1*
	Le tonnerre de Dieu 290/1*
	Le voyage du père 300/1*
	L'Espagnol 309/4*
	Malataverne 324/1*
	L'hercule sur la place 333/3*
	Le tambour du bief 457/2*
	Le massacre des innocents 474/1*
	L'espion aux yeux verts 499/3*
	La grande patience :
	1- La maison des autres 522/4*
	2- Celui qui voulait voir la mer 523/4*
	3- Le cœur des vivants 524/4*
	4- Les fruits de l'hiver 525/4*

DUMAS Alexandre	La dame de Monsoreau 1841/5★
	Le vicomte de Bragelonne 2298/4★ & 2299/4★
DUNNE Dominick	Pour l'honneur des Grenville 2365/4★
DYE Dale A.	Platoon 2201/3★
DZAGOYAN René	Le système Aristote 1817/4★
EGAN Robert & Louise	La petite boutique des horreurs 2202/3★ illustré
ETIENNE J.-L. Dr & DUMONT E.	Le marcheur du pôle 2416/3★
EXBRAYAT Charles	Ceux de la forêt 2476/2★
FEUILLÈRE Edwige	Moi, la Clairon 1802/2★
FIELDING Joy	Le dernier été de Joanne Hunter 2586/5★ (mai 89)
FLAUBERT Gustave	Madame Bovary 103/3★
FOUCAULT Jean-Pierre & Léon	Les éclats de rire 2391/3★
FRANCK Dan	Les Adieux 2377/3★
FRANCOS Ania	Sauve-toi, Lola ! 1678/4★
FRISON-ROCHE	La peau de bison 715/2★
	La vallée sans hommes 775/3★
	Carnets sahariens 866/3★
	Premier de cordée 936/3★
	La grande crevasse 951/3★
	Retour à la montagne 960/3★
	La piste oubliée 1054/3★
	Le rapt 1181/4★
	Djebel Amour 1225/4★
	Le versant du soleil 1451/4★ & 1452/4★
	L'esclave de Dieu 2236/6★
FYOT Pierre	Les remparts du silence 2417/3★
GEDGE Pauline	La dame du Nil 1223/3★ & 1224/3★
	Les Enfants du Soleil 2182/5★
GERBER Alain	Une rumeur d'éléphant 1948/5★
	Le plaisir des sens 2158/4★
	Les heureux jours de Monsieur Ghichka 2252/2★
	Les jours de vin et de roses 2412/2★
GOES Albrecht	Jusqu'à l'aube 1940/3★
GOISLARD Paul-Henry	La maison de Sarah 2583/5★ (mai 89)
GORBATCHEV Mikhaïl	Perestroïka 2408/4★
GOULD Heywood	Cocktail 2575/5★
GRAY Martin	Le livre de la vie 839/2★
	Les forces de la vie 840/2★
GRIMM Ariane	Journal intime d'une jeune fille 2440/3★
GROULT Flora	Maxime ou la déchirure 518/2★
	Un seul ennui, les jours raccourcissent 897/2★
	Ni tout à fait la même, ni tout à fait une autre 1174/3★
	Une vie n'est pas assez 1450/3★
	Mémoires de moi 1567/2★

GROULT (suite)	***Le passé infini*** 1801/**2**★
	Le temps s'en va, madame... 2311/**2**★
GUERDAN René	***François Ier*** 1852/**5**★
GUIGNABODET Liliane	***Dessislava*** 2265/**4**★
GUIROUS D. & GALAN N.	***Si la Cococour m'était contée*** 2296/**4**★ illustré
GURGAND Marguerite	***Les demoiselles de Beaumoreau*** 1282/**3**★
HALEY Alex	***Racines*** 968/**4**★ & 969/**4**★
HARDY Françoise	***Entre les lignes entre les signes*** 2312/**6**★
HAYDEN Torey L.	***L'enfant qui ne pleurait pas*** 1606/**3**★
	Kevin le révolté 1711/**4**★
	Les enfants des autres 2543/**5**★ (mars 89)
HÉBRARD Frédérique	***Un mari c'est un mari*** 823/**2**★
	La vie reprendra au printemps 1131/**2**★
	La Chambre de Goethe 1398/**3**★
	Un visage 1505/**2**★
	La Citoyenne 2003/**3**★
	Le mois de septembre 2395/**2**★
	Le Harem 2456/**3**★
	La petite fille modèle 2602/**3**★ (juin 89)
HILLER B.B.	***Big*** 2455/**2**★
HORGUES Maurice	***La tête des nôtres*** 2426/**5**★
ISHERWOOD Christopher	***Adieu à Berlin (Cabaret)*** 1213/**3**★
JAGGER Brenda	***Les chemins de Maison Haute*** 1436/**4**★ & 1437/**4**★
	Antonia 2544/**4**★ (mars 89)
JEAN Raymond	***La lectrice*** 2510/**2**★
JEAN-CHARLES	***La foire aux cancres*** 1669/**2**★
JONG Erica	***Le complexe d'Icare*** 816/**4**★
	La planche de salut 991/**4**★
	Fanny Troussecottes-Jones 1358/**4**★ & 1359/**4**★
	Les parachutes d'Icare 2061/**6**★
	Serenissima 2600/**4**★ (juin 89)
JYL Laurence	***Le chemin des micocouliers*** 2381/**3**★
KASPAROV Gary	***Et le Fou devint Roi*** 2427/**4**★
KAYE M.M.	***Pavillons lointains*** 1307/**4**★ & 1308/**4**★
	L'ombre de la lune 2155/**4**★ & 2156/**4**★
	Mort au Cachemire 2508/**4**★
KENEALLY Thomas	***La liste de Schindler*** 2316/**6**★
KEVERNE Gloria	***Demeure mon âme à Suseshi*** 2546/**6**★ (mars 89)
KIPLING Rudyard	***Le livre de la jungle*** 2297/**2**★
	Simples contes des collines 2333/**3**★
	Le second livre de la jungle 2360/**2**★
	Kim 2598/**3**★ (juin 89)
KOESTLER Arthur	***Spartacus*** 1744/**4**★
KONSALIK Heinz G.	***Amours sur le Don*** 497/**5**★
	La passion du Dr Bergh 578/**3**★
	Dr Erika Werner 610/**3**★

	Aimer sous les palmes 686/2★
	Les damnés de la taïga 939/4★
	Une nuit de magie noire 1130/2★
	Bataillons de femmes 1907/5★
	Le gentleman 2025/3★
	Un mariage en Silésie 2093/4★
	Coup de théâtre 2127/3★
	Clinique privée 2215/3★
	La nuit de la tentation 2281/3★
	La guérisseuse 2314/6★
	Conjuration amoureuse 2399/2★
	La jeune fille et le sorcier 2474/3★
LAHAIE Brigitte	Moi, la scandaleuse 2362/3★ illustré
LAMALLE Jacques	L'Empereur de la faim 2212/5★
LANE Robert	Une danse solitaire 2237/3★
LANGE Monique	Histoire de Piaf 1091/3★ illustré
LAPEYRE Patrick	Le corps inflammable 2313/3★
	La lenteur de l'avenir 2565/3★ (avril 89)
LAPOUGE Gilles	La bataille de Wagram 2269/4★
LASAYGUES Frédéric	Vache noire, hannetons et autres insectes 2268/3★
	Bruit blanc 2411/3★
LAVAL Xavier de	Le songe de Thermidor 2528/6★ (fév.89)
LESPARRE Christiane	L'appartement 2126/5★
LÉVY-WILLARD Annette	Moi, Jane, cherche Tarzan 2582/3★ (mai 89)
L'HÔTE Jean	La Communale 2329/2★
LOTTMAN Eileen	Dynasty 1697/2★
	Dynasty (Le retour d'Alexis) 1894/3★
LOWERY Bruce	La cicatrice 165/1★
MAALOUF Amin	Les croisades vues par les Arabes 1916/4★
MACLAINE Shirley	L'amour foudre 2396/5★
	Danser dans la lumière 2462/5★
McCULLOUGH Colleen	Les oiseaux se cachent pour mourir 1021/4★ & 1022/4★
	Tim 1141/3★
	Un autre nom pour l'amour 1534/4★
	La passion du Dr Christian 2250/6★
	Les dames de Missalonghi 2558/3★ (avril 89)
MAGRINI Gabriella	La dame de Kyōto 2524/6★ (fév.89)
MAHIEUX Alix	Coulisses 2108/5★
MALLET-JORIS Françoise	La tristesse du cerf-volant 2596/4★ (juin 89)
MARGUERITTE Victor	La garçonne 423/3★
MARIN Maud	Le saut de l'ange 2443/4★
MARKANDAYA Kamala	Le riz et la mousson 117/2★
MARKSTEIN George	Tara Kane 2239/6★
MARSHALL William G.	La sixième saison 1910/4★
MARTIN Ralph G.	Charles et Diana 2461/6★ illustré

MARTINO Bernard	*Le bébé est une personne* 2128/**3★**
MATTHEE Dalene	*Des cercles dans la forêt* 2066/**4★**
MAUPASSANT Guy de	*Une vie* 1952/**2★**
	L'ami Maupassant 2047/**2★**
MAURE Huguette	*Vous avez dit l'amour ?* 2267/**3★**
MERMAZ Louis	*Madame de Maintenon* 1785/**2★**
	Un amour de Baudelaire 1932/**2★**
MESSNER Reinhold	*Défi - Deux hommes, un 8000* 1839/**4★** illustré
MICHAEL Judith	*L'amour entre les lignes* 2441/**4★** & 2442/**4★**
MODIANO P. & LE-TAN P.	*Poupée blonde* 1788/**3★** illustré
MONSIGNY Jacqueline	*Michigan Mélodie (Un mariage à la carte)* 1289/**2★**
	Les nuits du Bengale 1375/**3★**
	L'amour dingue 1833/**3★**
	Le palais du désert 1885/**2★**
	Le roi sans couronne 2332/**6★**
MONTLAUR Pierre	*Imhotep* 1986/**4★**
	Nitocris 2154/**4★**
MORAVIA Alberto	*La Ciociara* 1656/**4★**
	L'homme qui regarde 2254/**3★**
MORRIS Edita	*Les fleurs d'Hiroshima* 141/**1★**
MURAIL Elvire	*Les mannequins d'osier* 2559/**3★** (avril 89)
NASTASE Ilie	*Tie-break* 2097/**4★**
	Le filet 2251/**3★**
NELL DUBUS Elizabeth	*Beau-Chêne* 2346/**6★**
	L'enjeu de Beau-Chêne 2413/**6★**
ORIEUX Jean	*Catherine de Médicis* 2459/**5★** & 2460/**5★**
ORIOL Laurence	*Thérèse Humbert* 1838/**2★**
OWENS Martin	*Le secret de mon succès* 2216/**3★**
PARTURIER Françoise	*Calamité, mon amour* 1012/**4★**
	Les Hauts de Ramatuelle 1706/**3★**
PAULHAC Jean	*Les herbes de la Saint-Jean* 2415/**5★**
PAUWELS Marie-Claire	*Mon chéri* 2599/**2★** (juin 89)
PEGGY	*Cloclo notre amour* 2398/**3★**
PERRIN Elula	*Les femmes préfèrent les femmes* 1874/**3★**
PEYREFITTE Roger	*Les amitiés particulières* 17/**4★**
	La mort d'une mère 2113/**2★**
PIRANDELLO Luigi	*Le mari de sa femme* 2283/**4★**
PLAIN Belva	*Tous les fleuves vont à la mer* 1479/**4★** & 1480/**4★**
	La splendeur des orages 1622/**5★**
	Les cèdres de Beau-Jardin 2138/**6★**
	La coupe d'or 2425/**6★**
POE Edgar Allan	*Le chat noir et autres récits* 2004/**3★**
POUCHKINE Alexandre	*Eugène Onéguine* 2095/**2★**

1131

Impression Brodard et Taupin
à La Flèche (Sarthe) le 26 janvier 1989
6132A-5 Dépôt légal janvier 1989
ISBN 2-277-21131-1
1er dépôt légal dans la collection : juin 1981
Imprimé en France
Editions J'ai lu
27, rue Cassette, 75006 Paris
diffusion France et étranger : Flammarion